光文社文庫

文庫書下ろし／長編時代小説

永代橋の乱

剣客船頭㈨

稲葉　稔

光　文　社

この作品は光文社文庫のために書下ろされました。

『永代橋の乱』

目次

大雲寺
小石川
白山
伝通院
神明宮
中山道
駒込
小石川御門
水戸徳川家
春日町
水道橋
千駄木
御林
駒込追分
加賀前田家
本郷
道灌山
日暮里
霊雲寺
池之端仲町
湯島天神
不忍池
弁天
神田大明神
明神下
妻恋坂
御数寄屋町
根岸
谷中本村
東叡山寛永寺
外神田
下谷広小路
下谷金杉町
御徒町
下谷山崎町
向柳原
三味線堀
広徳寺
幡随院
下谷竜泉寺町
元鳥越町
甚内橋
千住大橋
阿部川町
新吉原
御蔵前片町
新堀川
日本堤
新旅籠町
東本願寺
御蔵前通り
御米蔵
首尾の松
御蔵前
浅草寺
小塚原
浅草広小路
田原町
山谷町
御厩河岸之渡し
諏訪町
茶屋町
材木町
並木町
新鳥越町
駒形町
雷門
新鳥越橋
最勝寺
花川戸町
日光道中
番場町
北本所
浅草駒形堂
竹町之渡し
吾妻橋
山谷堀
揚場
東漸寺
今戸橋
今戸町
白鬚之渡し
荒井町
北本所表町
松倉町
中之郷瓦町
枕橋
竹屋之渡し
向島墨堤
木母寺
隅田村
北割下水
源森川
長命寺
三囲稲荷
中之郷八軒町
小梅村
去恩寺橋
小梅瓦町
須崎村
寺島村
業平橋
小梅村
天神橋
押上村
十間川
亀戸天神

麹町
番町
千鳥ヶ淵
半蔵御門
田安御門
虎之御門
西之御丸
新シ橋
外桜田御門
雉子橋御門
江戸城
一橋御門
和田倉御門
猿楽町
幸橋
南町奉行所
土橋
北町奉行所
汐留橋
数寄屋橋御門
呉服橋御門
常盤橋御門
神田橋御門
富士見坂
竜閑橋
昌平橋
鍛冶町
平永町
京橋
数寄屋町
木挽町
今川橋
西本願寺
三十三間堀
平松町
日本橋
室町
魚河岸
大伝馬町
通旅籠町
小伝馬町
内神田
和泉橋
佐久間河岸
神田川
神田相生町
楓川
真福寺橋
南八丁堀
弾正橋
海賊橋
荒布橋
中之橋
江戸橋
堀江町
通油町
亀井町
柳原土手
神田佐久間町
八丁堀
組屋敷
南茅場町
日本橋川
小網町
思案橋
富沢町
馬喰町
中之橋
八丁堀
稲荷橋
霊岸橋
一ノ橋
汐見橋
千鳥橋
浅草橋
両国広小路
高橋
新川
湊橋
行徳河岸
栄橋
米沢町
北新堀町
箱崎町
崩橋
箱崎川
浜町堀
佃島
霊巌島
永久橋
薬研堀
両国橋
柳橋
石川島
永代橋
下之橋
大川端
万年橋
新大橋
大川
尾上町
熊井町
佐賀町
上之橋
今川町
一ツ目之橋
元町
横網町
元木橋
千鳥橋
海辺大工町
回向院
大島町
三蔵橋
黒江町
油堀
材木町
富久町
万年町
六間堀町
松井町
相生町
御竹蔵
六間堀
亀沢町
越中島
亥ノ口橋
富岡橋
海辺橋
高橋
常盤町
猿子橋
中ノ橋
弥勒寺橋
山城橋
松井橋
二ツ目之橋
深川
仙台堀
冬木町
蓬莱橋
富岡八幡宮
霊巌寺
小名木川
深川元町
五間堀
本所
南割下水
竪川
亀久橋
吉岡橋
雲光院
芝翫河岸
吉永町
洲崎
木場
三ツ目之橋
北辻橋
入江町
長崎町
大横川
扇橋
猿江橋
南辻橋
新辻橋
亀戸村
長崎橋
西
南
北
東
四ツ目之橋
猿江町
御材木蔵
清水橋
0
1km
横十間川

主な登場人物

沢村伝次郎 元南町奉行所定町廻り同心の船頭。

千草 深川元町にある一膳飯屋「めしちぐさ」の女将で、伝次郎の女房。

英二 千草の店の常連の大工。

為七 千草の店の常連の畳職人。

文吉 千草の店の常連で髪結い。

おかつ 為七の母親。

友吉 為七の倅。

おけい 為七の女房。

多加次 英二の大工仲間。

杉田甲兵衛 中之郷瓦町にある剣術道場の主。

広瀬小一郎 本所方同心。伝次郎と以前から懇意にしている。

善太郎 本所道役。広瀬小一郎の手下。

八州吉 広瀬小一郎の小者。

白石徳之助 元関宿藩藩士。

森川貫太郎 元関宿藩藩士。

佐久間圭之介 関宿藩家老の佐久間の長男。

佐久間泉右衛門 関宿藩家老。

久世大和守広周 関宿藩藩主。

剣客船頭(九)

永代橋の乱

第一章　職人の死

一

沢村伝次郎《さわむらでんじろう》は暗い冬の空を眺めながら、猪牙舟《ちょきぶね》の艫板《ともいた》に座り、煙草《たばこ》を喫《の》んでいた。川風が吹き抜け、穏やかな十間川《じっけんがわ》にさざ波を立てた。

伝次郎は煙管《キセル》を舟縁《ふなべり》に打ちつけて灰を落とすと、襟巻きを首に巻きなおして、ぶるっと肩を揺すった。すぐそばの天神橋《てんじん》を町人の親子がわたっていった。

千草《ちぐさ》が風呂敷包みを、大事そうに抱え持って戻ってきたのは、親子が橋をわたり終えたときだった。

「お待たせしました」

千草の顔はいつもより曇っている。伝次郎は手を貸して、千草を猪牙舟《ちょきぶね》に乗せると棹《さお》をつかんだ。

「あったか?」

「はい」

千草の持っている風呂敷包みには、亀戸《かめいど》天神前の船橋《ふなばし》屋で買い求めた「くず餅」が入っていた。くず餅は湯練りした小麦澱粉《でんぷん》を蒸籠《せいろ》で蒸したあと、黒蜜きな粉をかけて作った評判の菓子で、江戸名物のひとつに数えられていた。

伝次郎は猪牙舟を流すように静かに操る。背を向けて座っている千草は、前を向いたまま何も言葉を発しない。

「間に合えばいいいな」

伝次郎が声をかけると、千草が振り返った。その顔は川面の照り返しを受けていた。伝次郎と視線を合わせて、小さくうなずき、また前に向きなおった。

早朝の日射しが、千草の細身に見える体を包み込んでいる。

「……困ります」

千草がぽつんといった。

間に合わなければ困るといったのだろうが、前の言葉は水音が邪魔して聞こえなかった。

わざわざ早くから、くず餅を買いに来たのにはわけがあった。

それは昨夜のことだった。


千草の店に常連の為七《ためしち》が飛び込んできたのは、夜も遅い時刻だった。

「あら、もうみんな帰っちゃったわよ」

為七は畳職人で、近所に住まう大工の英二《えいじ》や、髪結いの文吉《ぶんきち》らと飲むことが多い。その夜も英二と文吉はいつものようにやってきたが、「為さん、どうしたんだ？今日は来ねえな」と、噂をしていた。

「大変なんだ」

と、千草を見るなり開口一番にいった為七は、青い顔をしていた。

「何が大変なの？」

「おっかさんが死にそうなんだ」

為七は泣きそうな顔でいう。

「どういうこと……」

「わからねえ。だけど、もうだめだろう」

為七は小上がりの縁にすとんと座り、がっくり肩を落として足許を見つめる。

「だめって、まだお元気だったじゃない」

「そうじゃねえんだ。ここひと月ほどあんまり具合がよくなく、今日の昼間倒れちまって、それで慌《あわ》てて医者を呼んだらもう長くないだろうといわれちまったんだ」

千草は顔をこわばらせたまま、悄気《しょげ》返っている為七を眺めた。

「明日まで持つかどうかわからねえんだ。それで、何かほしいものはないかと聞くと、長命寺《ちょうめいじ》の桜餅が食いてえといいやがる」

「桜餅……」

「だけど、いま時分、桜餅は作ってねえはずだ」

「……そうね、他のお菓子ならあるかもしれないけど」

千草はそう答えてから言葉をついだ。

「そんなに具合が悪いの？」

「ああ」

「為さん、いまからわたし、見舞いに行っていいかしら？」

「そりゃあかまわねえけど。おりゃあおっかさんの顔を見てるとつらくて……それで家を出てきたんだ。酒を一杯飲ましてくんねえか」

「酒飲んでいる場合じゃないでしょう。何いっているのよ。様子を見たいの、連れていって……」

為七は潤んだような目で千草を見てから、わかったとうなずいた。為七の長屋はすぐそばにあり、おかつという為七の母親は奥の間に寝ていた。枕許に為七の女房・おけいと、倅《せがれ》の友吉《ともきち》が神妙な顔で座っていた。

「様子はどうなの？」

千草は上がり込んでおけいに聞いた。

おけいは唇を結んだまま首を横に振った。

千草はのぞき込むようにして、おかつの顔を見た。すやすや眠っているように見えるが、脂気《あぶらけ》のないしわだらけの顔に血の気はなく、髪はいつの間にか真っ白になっていた。

「食はどうなの？　何か食べたの？」

為七はなにも食べていないという。

枕許に薬湯があったが、それも飲めないといった。

おかつがもごもごと口を動かしたのは、そのときだった。

「なんだ、なんだい、おっかさん」

為七がおかつの耳許で聞き返す。耳が遠くなっているので、大きな声だ。すると、おかつが小さく瞼《まぶた》を開き、

「桜餅は……どうした……」

蚊の鳴くような声を漏らした。

「さっきからこうなんだ」

為七が困った顔を千草に向けてくる。

「桜餅はいまはないわよ。他のお菓子じゃだめなのかしら」

「おっかさん、桜餅はいまはねえんだ。他の菓子じゃだめかい？　なんでも好きなもんいいな。桜餅じゃねえ菓子だぜ」

おかつは為七の大きな声に反応して、しばらく考えている様子だった。それからもごもご口を動かして、

「船橋、屋の……くず餅……を食べたい」

と、切れ切れにいった。

「おっかさん、くず餅なら明日にでも買ってきてやる。それまで待ってくれねえか。それでいいかい？」

おかつは、「わかった」というように、小さくうなずいた。

それを見た為七は、千草に顔を向けて、

「千草さん、船橋屋のくず餅なら買えるよな。おりゃあなんでも食わせてやりてェ。苦労しておれを育ててくれた親だ。辛抱に辛抱をして、贅沢なことなんて何ひとつ口にしなかった。いまわの際《きわ》になって、初めていう贅沢だ。ちくしょ……」

と、目ににじむ涙を、腕でぬぐいながら言葉を足した。

「おっかさんの最初で最後の贅沢かもしれねえが、かなえてやりてえ。これから買いに行ってくるかな」

といって、腰をあげようとする。

「待って、こんな時分に店は開いてなんかいないわよ。わかったわ。わたしが明日の朝、一番に船橋屋に行って買ってきます。為さんはここで待っていて。為さんが買いに行っている間に、もしもってことになったら困るでしょう」

「だけど……」

「いいわよ、まかして。それぐらいわたしにまかせて」

そういうわけで、千草は伝次郎に舟を出させて、くず餅を買いに行ったのである。

伝次郎の猪牙舟は十間川から竪川《たてかわ》に出た。来るときには川霧が立ち込めていたが、いまは消えていた。

「千草、少し急ぐぜ」

「お願いします」

伝次郎は川底に強く棹を突き入れ、舟足を速めた。

二

伝次郎と千草は、為七の長屋についたが、腰高障子《こしだか》の前に立ったまま顔を見合わせた。家のなかからすすり泣く声が聞こえてきたからだった。

(間に合わなかったか……)

伝次郎は事態を察して、千草と目を見交わした。

「為さん、お邪魔するわよ」

千草が戸を開けると、台所に立っていた為七の女房・おけいが涙顔を向けてきた。

千草はそのままくず餅を持って、奥の間に上がり込んだ。伝次郎もあとについていく。

「為さん、くず餅よ」

「すまねえ。伝次郎さんも……」

くず餅を受け取った為七は、千草と伝次郎に頭を下げた。

「ついさっき、息を引き取っちまった」

「…………」

伝次郎はおかつの死に顔を眺めた。

「おっかさん、買ってきたぜ。食いたかったくず餅だよ。ほら、おっかさん……」

枕許にくず餅を置いた為七は、突っ伏してそのままおいおいと泣いた。それに釣られて倅の友吉も肩をふるわせて泣きはじめた。

「あの世で食いな。思いっきり食いな。春になったら桜餅を食わせてやるからよ」

為七は母親の乱れた髪をすきなおしながら話しかける。

「ご愁傷《しゅうしょう》様でした」

千草が為七に声をかければ、伝次郎は、

「為さん、しっかりするんだぜ」

と、励ました。

「へえ、お世話になりやした」

為七は深々と伝次郎と千草に頭を下げた。


為七の母・おかつの野辺《のべ》送りが終わり、江戸は師走《しわす》に入った。

その間、為七は千草の店「めし ちぐさ」に顔を出さなかった。仲のいい大工の英二と髪結いの文吉はそんな為七の話をしていた。

「親に死なれて、そのありがたみってェのがやっとわかるというが、為さんもそうなんだろう」

英二は鯣《するめ》をしゃぶりながらいう。

「だけど、あんなに泣く男だとは思わなかったよ。野辺送りのときは、泣き倒れるんじゃねえかと思ったほどだ」

文吉は少し冷めたことをいって言葉を足す。

「だって、おふくろさんが元気なときは、あのくそ婆とか、早くくたばれとか、ひどいことをいっていたんだぜ」

「それは照れでいっていたのよ」

千草はあいた器を下げながら窘《たしな》める。

「照れじゃねえさ。あの面《つら》は本気だった。だけど、ほんとうはちがったんだな」

「そういうものよ。文さんだって、親に死なれたときはそうだったんじゃないの」

千草がそういったとき、店の戸ががらりと開き、多加次《たかじ》という英二の大工仲間が入ってきた。

「よう、多加次じゃねえか。しばらくだな。こっちあいてるぜ」

英二がそばへうながして、多加次を座らせた。

「つけるの？」

千草が聞けば、熱いのを頼むと多加次が答え、

「為さんのこと知っているかい？」

と、英二と文吉を見る。

「知ってるって、最近顔を見ねえから、どうしてんだろうって話してたとこだ」

英二が酒を飲んでいう。

「真面目に仕事してるよ。まるで人が変わったようによ」

「会ったのか？」

文吉が多加次に顔を寄せて聞く。

「会ったっていえば会ったんだが、えらい遠くまではたらきに出てんだ」

「遠くってどこだ？」

「中之郷瓦町《なかのごうかわらまち》だよ。昨日、ちょいと浅草寺《せんそうじ》に用があって行ってきたんだが、その帰りにばったり吾妻《あづま》橋のそばで出くわしたんだ。死んだおふくろさんのことがあるんで、あらためて悔やみをいうと、為さんけろっとした顔で、仕事が急に忙しくなったというんだ。それで、なんでこんなとこにいるんだと聞くと、中之郷瓦町で仕事を請け負ったらしく、毎日通っているという」

「そりゃまた、遠いな。それに向こうにだって畳屋はあるだろう」

「腕を見込まれてのことだと、為さん、自慢そうにいうんだ。へえ、と感心したんだけどよ。お、すまねえ」

多加次は千草から銚子を受け取って独酌した。

「元気そうだった？」

「ああ、元気だったよ。おふくろさんが死んだときゃ、ワアワア泣いていたのに、もうすっかり元の為さんだったよ」

多加次は千草に応じて酒を口に運んだ。

「それはよかったわ」

千草がいえば、英二も文吉も元気なら心配することはないと口を揃えた。

再び店の戸が開いたのはそれからすぐだった。

「いらっしゃ……」

千草が声を途切らせたのは、入ってきたのが為七の倅・友吉だったからだ。それも、目に涙をいっぱい溜めていたからである。

「どうしたの？」

「おとっつぁんが、おとっつぁんが……」

「為さんがどうしたの？」

「……殺されちまったんです」

友吉はそういうなり、ぽろぽろと涙をこぼした。

千草もそうだが、その場にいた英二も文吉も多加次も、ぽかんと口を開け目をまるくしていた。

三

家に戻ってきた千草から話を聞かされた伝次郎は、信じられない思いだったが、

「詳しいことを知っているのは誰だ？」

と、千草に問うた。

「それはわたしもわかりません。友吉から為さんが殺されたと聞かされただけで……」

「なぜ、友吉は千草の店に？」

「おけいさんにいわれたらしいんです。知らせてこいって。店に友達がいるのはわ

かっていますから。たしかに英二さんと文さんと、多加次さんがいましたので……でも、ほんとうはそうじゃなかったんです」

「どういうことだ？」

「英二さんたちが為さんの家に行くというので、わたしもいっしょに行くといったんですが、文さんが友吉は自分たちに教えに来たんじゃない、おけいさんが伝次郎さんに伝えたいから、友吉を店にやったんだと、そういわれてハッと気づいたんです」

伝次郎は大きく息を吐きだして立ちあがった。千草の店の贔屓《ひいき》客は、伝次郎が町奉行所同心だったというのを知っている。

「とにかく話を聞いてこよう」

「わたしも行きます」

二人はそのまま深川六間堀町《ふかがわろつけんぼりちよう》の家を出ると、為七の家に向かった。

風がうなりをあげて空をわたり、土埃《つちぼこり》が巻きあげられ、建て付けの悪い戸板がカタカタと音を立てていた。

「ごめん」

伝次郎は声をかけて、為七の家の戸を開けた。

居間にいた英二、文吉、多加次が顔を向けてきた。伝次郎はその三人と目が合うと、何もいわずに居間に上がった。

三和土《たたき》を上がったところが四畳半、その奥も四畳半である。遺体となった為七は、奥の間の夜具に横たわっていた。

先日、母親のおかつが息を引き取った同じ場所である。

「どうしてこんなことに……」

伝次郎は為七の顔にかけてある白布をめくってつぶやき、おけいを見た。

「わかりません」

おけいは泣き濡れた丸顔を伝次郎に向け、小さくかぶりを振った。

「殺されたらしいが、いつのことだ？」

「番屋の人がいうには、六つ（午後六時）頃道に倒れていたのを見つけられたので、その頃だと……」

「場所は？」

「北本所《きたほんじょ》の東漸寺《とうぜんじ》の前だったそうです」

すると、大川《おおかわ》の河岸道ということだ。為七を運んできたのは、北本所番場町《ばんばちょう》の自身番詰の者だったと、おけいが教えた。

「町方はいっしょに来なかったのか？」

「来ました。あれこれ聞かれましたけど、何もわたしにはわからないので……」

おけいは口を引き結び、涙を堪《こら》えた。

「町方の名はなんといった？」

「広瀬《ひろせ》なんとかって……」

伝次郎はピクッと片眉を動かした。

本所見廻り同心の広瀬小一郎《こいちろう》だろう。

「なぜ、為七は北本所のほうにいたんだ？」

その問いに答えたのは、隣の居間で火鉢にあたっていた多加次だった。

「為さんは中之郷瓦町に仕事に行っていたんです。だからその帰りだったんでしょう」

「中之郷瓦町に……」

伝次郎が疑問を口にすると、おけいが口を開いた。

「剣術道場があるんです。そこの先生に名指しをされて、畳替えの仕事に出かけていたんです」

「なんという道場だ？」

「杉田《すぎた》道場です。先生は杉田甲兵衛《こうべえ》という人で、座敷の畳替えを頼まれたんです。この人もなんでおれに、といっていましたが、わりと大きな仕事なので喜んで引き受けまして……」

「すると、為七は杉田甲兵衛という道場主のことは知らなかったということか」

おけいはそうですと、うなずく。

そのとき家の戸がたたかれ、お邪魔するよといって入ってきた者がいた。勘兵衛《かんべえ》という大家だった。

「為さんが大変なことになったんだって……」

勘兵衛は三和土に立ったまま家のなかにいるみんなを眺めた。とたん、大きな泣き声があがった。友吉だった。

「おとっつぁん、おとっつぁん！　おとっつぁん……」

悲痛な声を漏らしながら友吉は号泣した。その肩を抱き寄せて背中をさするおけいも、口を引き結んだまま泣いていた。

みんなはしばらくうつむいて黙っていた。おけいと友吉の悲しみに同情し、憐憫《れんびん》の眼差しを向けるしかない。

「それで、通夜とか葬式の支度をしなきゃならねえが……」

遠慮がちの声を漏らしたのは、大工の英二だった。

「そうだな」

と、多加次が猪首《いくび》でうなずき、色黒の顔をおけいに向けた。

「わかっています」

答えたおけいは、大家の勘兵衛に体を向けて、

「大家さん、またご面倒かけます」

と、頭を下げた。

「とりあえず、おれたちだけで仮の通夜をやるってェのはどうだい」

文吉が小さな声で、みんなに呼びかけるようにいうと、多加次と英二がそうだなと同意した。

「それじゃわたし、お酒の用意します」

千草がいって立ちあがった。そういうことで、仮の通夜が行われることになった。

四

翌朝、伝次郎は猿子《さるこ》橋のそばに舫《もや》っている猪牙舟に乗り込むと、そのまま六間堀《ろっけんぼり》を北へ向かった。流れはゆるやかなので、棹を使っての遡上《そじょう》である。

水面は沈んでいる自分の気持ちと同じで、どんより曇った冬空を映し取っていた。

普段は腹掛けに股引、そして河岸半纏《ばんてん》を羽織っているが、今日は仕事をするつもりはないので、着流しの裾を端折《はしょ》り襷《たすき》をかけていた。風が冷たいので首には襟巻きをしている。

六間堀から竪川を経由して大川に出た。

棹から艪《ろ》に持ち替え、艪床に片足をかけて漕ぐ。ぎぃぎぃと、艪を動かすたびに軋《きし》む音がする。客を乗せていないので舟は軽いはずだが、いつになく重く感じる。

それも気が塞《ふさ》ぎ気味だからだろう。

瞼《まぶた》の裏に為七の顔が浮かんでくる。

千草の店で会うと、気さくに話しかけてきては、前歯の二本欠けた口を見せて笑っていた。なにかと愚痴の多い男だったが、それが為七の憂さ晴らしだとわかっていたので、伝次郎は黙って聞いていた。

（なぜ、殺されなければならなかったのだ？）

昨夜からそのことが疑問だった。

女房のおけいも、まったく心あたりがないというし、飲み友達の英二たちも、為七に殺される理由などないはずだと口を揃えた。

為七は他人の恨みなど買っていなかった。それは誰もがいうことで、千草もそんな職人ではなかったと語気を強めていった。

大川は水量が多かった。海が満潮になっているからだ。河口付近の水量は、潮の干満《かんまん》の差で変わる。

伝次郎は艪を漕ぎつづける。川岸の近くを進むのは、それがひとつの約束事だからだ。下ってくる舟は、川中を進むのが決まりである。これは船頭たちの暗黙の了解のもと行われている。

御米蔵《おこめぐら》が左手にあり、前方を御厩《おうまや》河岸を出た渡し舟が本所のほうに向かっていた。菅笠《すげがさ》を被った船頭が、足を踏ん張りながら棹を川底に突き立てている。客は三人ほどだ。その向こうから俵物《たわらもの》を積んだ茶舟が下ってきていた。

伝次郎は北本所番場町前の河岸地に猪牙舟を横付けした。すぐそばに船手頭《ふなてがしら》・向井将監《むかいしょうげん》の舟着場があり、舫われている二艘《そう》の茶舟が波に揺られながら、船体をこすり合わせて音を立てていた。

雁木《がんぎ》の杭に片足で留まっていたアオサギが、伝次郎の舟に驚き、飛び去っていけば、近くの岸辺にたまっていたユリカモメが、羽音を立てて一斉に飛び立った。

「為七の知りあいなんだ」

伝次郎は北本所番場町の自身番を訪ねるなり、訝《いぶか》る店番にそう伝えると、

「それで何かお訊ねになりたいことでも……」

と、問い返された。

「倒れていた為七を見つけたのは誰だ？」

伝次郎は為七のことを、あらかた話してから聞いた。

「五市《ごいち》っていう薪《まき》屋です。商売が終わったんで帰る途中だったらしいんですが、血相変えてこの番屋に飛び込んできましてね」

「その男の居所はわかるか？」

「この町の薪炭《しんたん》問屋です。成田《なりた》屋って店ですが……この先のすぐ横町にありますよ。でも、この件は町方の旦那が調べてんですがね」

「知ってる。本所方の広瀬さんだろう」

「ヘッ、ご存じで」

「知らない仲ではない。それで他の者はどうした？」

自身番には目の前の店番しかいなかった。普通は書役《かきやく》や家主などが詰めている。

「用があって、出かけているだけです。すぐに戻ってきます」

「さようか。では教えてもらいたい」

伝次郎はそういって、武士言葉でつづける。

「為七は背後から襲われたようだ。脾腹《ひばら》のうしろを一突きされていたからな」

伝次郎は昨夜、傷口を見ていた。

「下手人のことは何もわかっておりません。誰も見た者がいないんです」

店番は先読みをして答えた。両目がやけに離れている男で、片膝をさかんにさすりながらいう。

「為七が倒れていたのは、東漸寺の前だったらしいが……」

「さようです。ちょうど門前でした。山門脇の石に抱きつくようにして蹲《うずく》まっていましてね。薪屋の五市も死んでいるとは思わなかったそうですが、声をかけても返事がないので、肩をたたいて死んでいると気づいたそうで……」

「五市も下手人は見ていないというわけか。それで、五市が為七を見つけたのは何刻頃だった？」

「六つの鐘の鳴る前でしたから、小半刻《こはんとき》（三十分）ほど前だったんじゃないでしょうか。この時分は暗くなるのが早いし、河岸道もその時分には人が少なくなります」

たしかに六つだと暗くなっている。人通りが絶えるのも、伝次郎は知っている。

「下手人の手掛かりは……」

「何もわかっていません」

伝次郎は一度表を見てから店番に顔を戻した。

「為七の身許は帯に挟んでいた財布からわかったらしいが、そうだったのか？」

これも、昨夜おけいから聞いていることだった。

「へえ、財布の中に手札《てふだ》が入っておりましたので……」

それには「深川常盤町　勘兵衛店　畳師　為七」と書かれていたという。

おけいは為七が、そんな手札を持ち歩いていることを知らなかった。手札は仲間うちや商売の宣伝のために使われるが、為七がそんな手札を作っていたというのは意外だった。

英二たち飲み仲間も手札のことを知って驚いていた。しかし、そのお陰で身許が早くわかったのは幸いだったというしかない。

「おれは沢村伝次郎という。広瀬さんが来たら、おれが聞き込みに来たと伝えてくれるか」

「へえ、沢村様ですね。承知しました」

伝次郎はそのまま自身番を出ると、成田屋という薪炭問屋に足を運んだ。間口二間の店で、戸口脇と土間に薪束と炭俵が積んであった。木っ端の包みもある。

五市は十六、七の若い小僧で、毎日天秤棒を担いで、担い売りに出ているらしい。為七を見つけたときのことを詳しく聞いたが、知っていることはほとんどなかった。

下手人も見ていなければ、あやしい人影も見なかったという。

「まさか死んでるとは思わなかったんで、そりゃあびっくりしました」

五市はそのときのことを思いだしたのか、顔に鳥肌を立てた。

伝次郎は得るものがないので、そのまま成田屋を出た。

つぎは為七が仕事に通っていた杉田道場だが、舟にするか歩いていくか少し迷い、歩くことにした。

中之郷瓦町まではさほどの距離ではないし、舟は上りなので疲れるだけだ。

杉田道場は中之郷瓦町に行って聞くと、すぐにわかった。

「あのむさ苦しい先生の道場なら、枕《まくら》橋のすぐそばですよ」

その口調には少し蔑《さげす》む色があった。

枕橋には源森《げんもり》橋、あるいは源兵衛《げんべえ》橋という別の呼称がある。土地の者はだいたい枕橋と呼ぶようだ。

道場の戸が閉まっていたので、裏のほうに母屋《おもや》があるだろうと見当をつけて、そっちにまわると、玄関から出てきた男と目が合って足を止めた。

「これは……」

出てきたのは本所方の広瀬小一郎だった。

五

「なんだ、こんなところに……」

小一郎は近づいていった。

そばには本所道役《みちやく》の善太郎《ぜんたろう》がついていた。

「畳職人の為七のことです」

伝次郎が答えると、小一郎はくいっと片眉を吊りあげた。

「知っている男だったのか？」

「わたしの連れあいの店を贔屓にしていた男です。わたしもよく知っておりまして……」

伝次郎は武士言葉で答える。

「それでここに聞き調べか」

「さようです」

小一郎は少し思案する顔になって空を眺めた。色白で眉の濃い、痩せ形のすっきりした体つきをしている。年は伝次郎よりひとつか二つ上だった。

「何かわかりましたか？」

伝次郎は誘い水を向けるように話しかけた。小一郎が視線を戻してくる。

「いや、ここの道場主は何も知らない。わかったのは為七を雇ったということだけだ」

「為七は深川常盤町《ときわちよう》の住まいです。こんな離れた場所に仕事に来ることは滅多にありません」

「それはおれも思ったさ。だが、この道場の先生は、為七の噂を聞いてわざわざ声をかけたそうだ。腕のいい畳職人がいるって話を聞いてな」

「誰がそのことを道場主に？」

「高橋《たか》のそばからこっちに越してきた倉蔵《くらぞう》という紙売りだ。大層熱を込めて倉蔵が勧めるので、頼んだらしい。倉蔵は、為七は揉め事など起こす男じゃないし、真面目に仕事をしていたので、信じられないことだと驚いていた」

「それだけですか？」

伝次郎の問いに、小一郎は目を細めた。

「……それだけだ。調べるのか？」

「知りあいですから放っちゃおけません。残された女房と子供のこともあります」

小一郎はふっと息を吐いて、一度視線をそらして伝次郎に顔を戻した。

「文句はいわねえが、おれの調べをかき混ぜるようなことはするんじゃねえぜ」

「承知です」

「何かわかったら教えてくれ。連絡場《ツナギ》は南本所横網町《よこあみちょう》の番屋だ」

小一郎はそれだけをいうと、伝次郎の脇をすり抜けるようにして去った。手先の善太郎が伝次郎にぺこりと頭を下げて、小一郎を追いかけていった。

伝次郎はその二人を見送ってから、道場主の杉田甲兵衛を訪ねた。

「為七のお知り合いですか。それでいったい何を……」

「何をって、為七殺しの下手人を探したいんです」

甲兵衛は白髪まじりのゲジゲジ眉を動かした。六十に手が届こうかという年で、髭もあたっていなければ、髷《まげ》も乱れていた。木綿の着流しには接《つ》ぎがあててあり、羽織もくたびれていた。とても道場主には見えない。

「あんたが下手人を……。だけど、いま町方が来たばかりで、知っていることはみんな話したんだけどね。ま、いい。おあがり」

伝次郎はいざなわれて居間にあがった。

そのまま丸火鉢を挟んで向かいあう。隣の八畳間と六畳間の障子が取り払われ、古畳が積まれていて、仕上がった畳が壁に立てかけてあった。

「為七は噂どおりの男で、たしかにいい職人だった。傷《いた》んでいた畳床を直し、表の張り替えも縁のつけ具合も文句のつけようがない。それに真面目な男でね。いい職人に頼んだと我ながら感心しとったのだ。それが途中でこの始末だ。まあ、大方終わってはいるのだが……」

甲兵衛はため息をつくと、茶を淹れて、伝次郎に差しだした。

「それでお訊ねしますが、為七から何か聞いていませんか？　誰かに恨まれたとか、どこかで揉め事を起こしたとか？」

「何も聞いてはおらぬよ。それで、あんたは職人かい？」

甲兵衛は半分閉じたような目で見てくる。目の下の皮膚はたるんでいる。

「あっしは船頭です」

伝次郎は町人言葉で答える。そっちのほうが警戒されないと思ったからだ。

「それじゃその手にあるのは棹ダコというわけか」

甲兵衛は伝次郎の手を見ていった。隙のない観察力を持っているようだ。

伝次郎は茶を飲んで、框《かまち》に置かれている糸筒や針・手あて・包丁などを見た。為七の道具だろう。それらがひとまとめにしてあった。居間には真新しい畳の匂いが漂っていた。藺草《いぐさ》の香りである。

「昨日、為七は何刻頃仕事を終えました？」

「日が暮れる前だよ。七つ（午後四時）ぐらいだった」

七つと聞いて伝次郎はおかしいと思った。為七が殺されたのは、六つ前だ。大雑把に一刻《いっとき》（約二時間）の差がある。

「たしかですか？」

「嘘をいってもしようがないだろう。七つぐらいに片づけをして、また明日来るといって帰っただけだ。さっき、本所方が来るまで為七が殺されたことなんて知りもしなかったのだ。それにしても気の毒なことに……」

「帰り際に為七はどこかへ行くとか、寄り道するといったようなことを口にしませんでしたか？」

「何もいわなかったよ。あんた、船頭にしてはなかなかツボを心得たことを聞くな。それに手には棹ダコでない痕もある。ひょっとして刀を使えるのではないか」

甲兵衛が凝視してくる。

「昔、遊びで教わったことがあるだけです。ものにはなりませんでした」

伝次郎は誤魔化すような笑みを浮かべ、茶に口をつけながら、

(油断ならない男だ)

と、感じた。

「とにかく何を聞かれようが、わたしの知っていることはない。わたしは為七を雇っていただけなのだからな。為七がどこでどんなことをしていたか、そんなことはわからぬことだ」

「先生とは茶飲み話ぐらいしたでしょう」

「そりゃあしたさ。仕事の合間にわたしの話し相手もしてくれた」

「そのとき気になるようなことをいってませんでしたか?」

伝次郎は甲兵衛を凝視する。

「……思い返しても、そんなことはいわなかったはずだ。気に留めるような話もし

なかった。それだけだ」

結局、甲兵衛から聞きだせることはなかった。

だが、疑問は残っている。為七が甲兵衛の家を出てから殺されるまで、約一刻の時間があるのだ。

(その間、どこで何をしていたのだ?)

六

疑問はすぐには解けなかったが、杉田道場についてわかったことがある。

それは、甲兵衛の家を辞去し、立ち寄った茶屋でのことだった。

「門弟もいなけりゃ、金もないようです。ときどき、近所の店で残り物をありがたそうに頂戴して帰ってんです。この辺じゃもっぱらの噂ですよ」

そういうのは茶屋の亭主だった。小女に杉田道場のことを訊ねると、近くで暇そうに煙草を喫んでいた亭主が教えてくれたのだ。

「門弟がいないってほんとうかい?」

「なんでもここに来る前は、どこぞの寺で世話になっていたらしいが、よく道場が開けたものだとあきれるというか感心してんです。あの道場はもとはお武家の屋敷で空き家だったんですよ。見るからにあばら家でしょう。もう二年も誰も住んでいないんです」

「いつあそこに道場を？」

「三月、いや四月になりますかね。道場は床を取り払って、地面すれすれに床板を付け替えたようですが、それもあの先生がひとりでなさった。大工に頼めば床普請《ぶしん》なんてどうってことないでしょうが、金がないからでしょう」

「だけど、母屋の畳替えをしていたんだぜ。金がなきゃそんなことできねえだろう」

「ほんとですか」

亭主は目をまるくした。

「おれの知りあいの畳職人が通っていたんだ」

「そういや、人が出入りしているって聞いたことがある。なるほど、畳屋でしたか。だけど、ちゃんと手間賃払えてるんですかね」

伝次郎はそのことをたしかめるのを忘れていた。もし払っていなければ、女房のおけいに代わって取り立てなければならない。

「その畳屋は為七っていうんだが、背はそう高くない。親爺より少し高いぐらいで、前歯が二本欠けていて、どっちかというと団栗眼《どんぐりまなこ》だ。年は三十七なんだが、見かけたことはないかい？」

伝次郎は話しながら為七の人相書を作ろうと思った。

「三十七で団栗眼で前歯が二本ない……いやあ、見たことはありませんね。この店に寄って、あんたみたいに話でもしてりゃ覚えてると思うんですが……」

亭主は首をかしげるだけだった。

伝次郎はその茶屋を出ると、近所の店に聞き込みをかけてみた。だが、為七を覚えているものはいなかった。

しかし、昨日のことである。誰かが見ていてもおかしくはない。

杉田道場から為七が殺された東漸寺までの河岸道を辿《たど》り、その間にある商家や出会った行商人に声をかけてみたが、やはり為七を見たというものには出会わなかった。

伝次郎はもう一度河岸道を引き返した。朝のうちは曇っていたが、雲の切れ間から光の条《すじ》が射し、大川をきらめかせていた。

吾妻橋のそばに立ち、あたりをじっくり眺める。

杉田道場から為七の家に戻るには、いろんな道筋があるが、この河岸道を使うのが普通だろう。そして、為七は昨日も河岸道を使った。

だが、道場を出てから東漸寺前に来るまでに、約一刻の空白がある。その一刻の間、為七はどこにいたのだ？

伝次郎は道場のそばまで戻ってみた。道場は中之郷瓦町の西外れ、枕橋のすぐそばにある。伝次郎は目を光らせて考える。

道場を出た為七は、すぐには河岸道には行かず、中之郷瓦町の東へ行き、中之郷八軒町《はちけんちょう》から本所松倉町《まつくらちょう》のほうに向かったのかもしれない。

その道筋の町屋には商家の他に飯屋もあれば飲み屋もある。酒の好きな男だったから、どこかの店に引っかかったのかもしれない。

（もしくは……）

伝次郎の目は吾妻橋に向けられた。橋をわたれば浅草《あさくさ》だ。

(浅草か……)

仕事を終えた為七は、まっすぐ帰らず浅草のどこかに立ち寄り、そしてまた吾妻橋をわたって家路についた。そうとも考えられる。

(それにしてもなぜ、為七は殺されなければならなかったのだ)

またもや別の疑問が浮かんでくる。

金目当てでないというのはわかっている。財布は残っていたのだ。

(だとすれば、なんだ?)

伝次郎の考えは堂々めぐりに陥った。

解けない疑問を抱え込んだまま、中之郷瓦町を歩く。

町屋にはいろんな商家もあるが、町名のとおり、この町には瓦屋がある。竈《かま》は三十ほどあり、いまも曇り空に煙を立ち昇らせている。

伝次郎は通りの途中を右に折れ、本所松倉町のほうに足を進めた。三ツ目《みつめ》通りである。

為七がこの町に来たとしても、東漸寺前の河岸道に戻るには、北割下水《きたわりげすい》から先には行かなかったと考えるのが妥当だ。北割下水の先は武家地だからだ。

仮に本所松倉町のどこかに立ち寄ったとすれば、そこからまた河岸道に戻ったことになる。それは遠まわりだ。まっすぐ帰るなら、三ツ目通りを辿ったはずである。だが、為七は大川沿いの河岸道に戻った。そこまで考えて、待てよと思った。

(連れがいたのか……)

もしそうなら、為七はその連れに誘われ、ご苦労なことに河岸道に戻った。そして、その連れが……。

伝次郎は推量を振り払うようにかぶりを振り、別のことを考えた。

連れもいず、ひとりだったとするなら。立ち寄った場所で、何か問題が起きた、あるいは揉め事を起こした。そして、為七は追われて河岸道に戻って殺された。

勝手な推量はいくらでもわいてくるが、それにはたしかな裏付けはない。

(為七、いったい誰に、なんの理由《わけ》があって殺されちまったんだ)

立ち止まった伝次郎は、空を舞う鳶《とび》を見て心中でつぶやいた。

七

為七の野辺送りが終わった。為七が殺されて三日後のことだった。

師走のいい天気の日で、すみわたった空の向こうに雪化粧をした富士山がくっきりと見えた。

「伝次郎さん、まだ何もわかっていないんですか？」

墓地からの帰りに髪結いの文吉が話しかけてくる。

「うむ……」

答えられないから伝次郎は黙って歩く。

「為さんは口は悪いが、人はよかった。それに揉め事も起こしちゃいないし、借金だってなかった。為さんの悪口をいうやつも、恨むようなやつもいなかった。ひょっとして、人違いされて殺されたなんてことないでしょうね」

伝次郎は隣を歩く文吉を無言で眺める。

小柄で痩せたひ弱そうな、色白の男だ。

「いろいろ考えられることはあるが、なんの手掛かりも出てこないんだ」

「町方も動いてるんでしょう」

「ああ」

伝次郎は前を歩いているおけいと友吉を眺めた。二人並んで歩いているが、その背中には悲しみを背負っている。友吉は十二になってはいるが、しばらくはおけいがはたらいて面倒を見なければならない。

おけいと友吉の背後には、親戚や長屋の差配と住人、そして千草や近所の知りあいがついていた。

「杉田道場から手間賃はもらってんですかね」

後ろから多加次が声をかけてきた。

「昨日、道場主が払いに来たそうだ。お悔やみを述べて香典も置いていったらしい」

答えたのは英二だった。

「下手人が見つからなきゃ、為七は殺され損ってことになっちまうな。そんなことがあっていいかい。ちくしょう、見つけたらおれがたたき殺してやりてェ」

多加次はさも悔しそうな顔でいって、足許の石ころを蹴ったが、すぐに「痛ェ」と悲鳴をあげた。指先で蹴ったからだった。

「まったくおめえってやつはどこか抜けてやがる」

英二が憎まれ口をたたいてからかう。

伝次郎はうずくまって足の指を押さえている多加次を眺めて、あることを思いだした。

「多加次、おまえは為七が殺される前に、吾妻橋で会ったといったな」

「へえ」

多加次が立ちあがって答えた。まだ足の指が痛いのか、猪首《いくび》の上にのっている黒い顔をしかめている。

「立ち話をしたのか？」

「為さんがこっちで仕事をしているから、通っているっていったんで、どこだと聞けば、すぐそこの道場だといったんです。あっしは、へえそりゃいい仕事じゃねえかというと、まあなと自慢そうに笑いましたよ。それでいっしょに帰るつもりだったんですが、途中で別れたんです。寄るところがあるといって……」

「どこに寄るといった？」

伝次郎はさっと多加次を見て聞いた。

「どこか聞きませんでしたが、高札場《こうさつば》のある物揚場の先を曲がって行きましたよ」

「大名屋敷の手前を曲がったんだな」

「なんです、おっかない顔して」

「そうなのか。為七は北本所表町《おもてちょう》のほうに行ったんだな」

「そ、そうです」

「これはしくじった。もっとそのことを早く聞いておくべきだった」

伝次郎は足を速めて千草に追いつくと、

「おれの代わりに精進落《しょうじん》としをしておいてくれ。大事な用ができた」

と、早口でいった。

「用って？」

「為七のことだ。何かわかるかもしれねえ」

伝次郎はそういうなり、みんなから離れ、駆けるように歩き去った。

深川六間堀町の自宅に駆け戻った伝次郎は、急いで着替えをすると、刀掛けに手をやった。持って行くべきかどうか少し迷ったが、そのまま腰に差した。それから人相書を懐に差し込んで、再び表に飛びだした。

先を急ぐように歩きながら、舟を使おうかどうしようか短く迷った。大川を遡《そ》上《じょう》するのは骨が折れる。それなら竪川まで猪牙舟を使おうと決めて、猿子橋のそばに舫《もや》っている舟に飛び乗った。

そのまま六間堀を上ると、山城橋《やましろ》のそばに舟を繋《つな》いで、二ツ目之橋《ふたつめ》をわたった。

（為七は北本所表町のあたりに立ち寄ったのだ。おそらく居酒屋だろう）

その居酒屋を突き止めるのは、大きな手掛かりである。

今日は昨日出来上がった人相書を持っている。きっと役に立つはずだ。

二ツ目通りをまっすぐ進むと、自ずと北本所番場町に辿りつく。その町の自身番前を通り過ぎようとしたとき、ふいに声をかけられた。

立ち止まって顔を向けると、広瀬小一郎が立っていた。手先の道役の姿はない。

「どこへ行く？」

「為七が立ち寄ったところがわかりそうなんです」

答えたとたん小一郎の目がキラッと光った。

「どこだ？」

伝次郎は多加次から聞いたことをかいつまんで話した。

「そりゃ気になることだな。じつはおれのほうにも少しわかったことがある」

「なんです？」

伝次郎は小一郎に近づいた。

「杉田道場だ。どうもあの道場は胡散《うさん》臭い」

「どういうことです？」

「妙な侍が出入りしているんだ。昨日もその前の日もそうだった。そして、為七が殺された日にも、その侍がいた」

「ひとりですか？」

「いや、二人だ。先日、あの道場の先生から話を聞いたときには、そんなことは一言も出なかった。なぜ、いわなかったのか、気になってな」

伝次郎は黙ったまま少し考えた。

杉田甲兵衛は、自分にもその話はしていない。

「いま、その侍のことを調べている。そやつらの仕業ってこともあるからな。それで、これから北本所表町に行くのか?」

「行きます」

「それじゃ、おれもいっしょに行こう」

第二章　第二の殺し

一

伝次郎と小一郎は手分けして北本所表町の聞き込みにあたった。為七の人相書を作ったのは正解だった。

「見たことあるね」

「似てる人を見ました」

という証言を得られたのだ。

そして、ついに為七が出入りしていた店がわかった。

北本所表町に達磨《だるま》横町と呼ばれる短い通りがあるのだが、その途中に「たぬき屋」という小さな居酒屋があった。その店に為七が出入りしているのがわかったのだ。

だが、店は昼間なので閉まっていた。

「伝次郎、どうする?」

小一郎がいうのへ、伝次郎は即答した。

「長兵衛《ちょうべえ》の長屋に行きましょう」

長兵衛とはたぬき屋の店主である。そして住まいは、最勝寺《さいしょうじ》の門前に近い長屋だというのもわかっていた。

二人は早速、長兵衛の長屋を訪ねたが、

「亭主でしたら仕入れに出かけましたが、いったいなんでしょう?」

と、漬物樽をこねていた女房がかたい顔を向けてきた。伝次郎はともかく、小一郎は一見しただけで町方の同心とわかるからだ。

「客のことで聞きてェことがあるだけだ。もしや、おめえさん為七って畳職人を知らねえか?」

女房は二度まばたきをしてから、

「ひょっとして、深川の為さんかしら」

と、いった。

「そうだ。深川常盤町の為七だ。三日前、店に顔を出していないか知らないか?」

伝次郎は小一郎の肩越しに問うた。

「三日前はどうか知りませんが、為さんはうちの亭主の遠縁でして、子供の頃よく遊んでいたそうです。それで、為さんがこっちに仕事に来ているので、店に寄ってくれたという話を聞きました」

「それはいつのことだ?」

「五日ほど前だったかしら……」

女房は小指で頭をかいて、伝次郎と小一郎を交互に見た。

「長兵衛はどこに仕入れに行っている?」

小一郎の問いに女房はわからないと首をかしげた。

「店に出る時刻はわかるか?」

「この頃は日の暮れが早いから、八つ半(午後三時)頃から支度をしているようです」

伝次郎は真っ青に晴れている空を見た。

さっき、八つ（午後二時）の鐘音を聞いたばかりだ。

伝次郎と小一郎は店のそばで待つことにした。

達磨横町は小店が多い。履物屋・漬物屋・八百屋・古着屋などの他に、そば屋と飯屋がある。長兵衛の「たぬき屋」は、その通りのなかほどにあった。間口二間の店で、腰高障子に「たぬき屋」という文字がかすれていた。

「もし、為七が三日前の夕刻、杉田道場からたぬき屋に来ていれば、そこに何かあるはずです」

「それが手掛かりになりゃいいが、これぱっかしは蓋を開けてみなきゃわからねえ」

小一郎は冷めたことをいうが、そのとおりである。

だが、伝次郎には早く下手人を見つけてやりたいという強い気持ちがある。残された女房のおけいと、倅の友吉の将来も心配だが、その前に真相をあかさなければ、殺された為七が浮かばれない。

おけいも涙声で訴えるように伝次郎にいった。

――伝次郎さん、こんなことってあっちゃならないでしょう。下手人が見つからなきゃ、あの人は可哀相すぎます。

「商売はどうなんだ？」

考えごとをしていると、小一郎が話しかけてきた。

「ぼちぼちってとこでしょうか」

「おまえさんの舟をときどき見かけるが、様になってる。見るたびにもったいねえことをと思っちまう。いまでもおまえさんに戻って来てほしいというやつもいる」

伝次郎は足許に視線を落とした。

そういわれるのは嬉しいが、いまさら町奉行所に戻れないことはわかっているし、もう未練もなかった。

「いまの暮らしを気に入っているってわけか……」

小一郎が爪を嚙みながら空を見あげた。爪を嚙むのは癖だ。

「悪くはありません。広瀬さんは、八丁堀に帰っているんですか」

伝次郎は話題を変えた。

「帰っちゃいるが、相変わらずだ。いいのか悪いのかわからねえが、すっかりこの暮らしに慣れちまった」

小一郎はいったあとで、小さなため息をついた。

本所方は八丁堀の屋敷に三日に一度帰ることができればいいほうだ。普段は亀沢《かめざわ》町《ちょう》の御用屋敷に寝泊まりしている。役目だからしかたないが、ひと月も家に帰れないときもある。それも江戸の治安を守るためだった。

真っ青だった空に白い雲が流れてきたとき、たぬき屋の戸を開ける男がいた。

「やつか……」

小一郎が先に腰をあげた。伝次郎はあとにつづく。

「長兵衛」

呼ばれた長兵衛は小一郎を振り返って、びっくりした顔をした。へえ、と返事をする。

「ちょいと聞きてェことがあるんだ」

「なんでございましょう」

長兵衛は小一郎と伝次郎を交互に見た。人のよさそうな垂れ目で、とがり顎だった。

「畳職人の為七を知っているな。なんでも遠縁らしいが」

「為七がどうかしましたか」

相手が町方なので、長兵衛は落ち着かない目をしていた。

「三日前の日暮れ方に店に来てねえか?」

「三日前……来ましたが……」

長兵衛は少し考えて答えた。

「ひとりだったか?」

「へえ、仕事がもうすぐ終わるんで、しばらくこっちには来られなくなるとか、そんな話をしておりましたが……やつが何か」

「その日、殺されちまったんだ」

「えッ」

長兵衛は目をみはって驚いた。

「おそらく殺されたのはこの店を出たあとだと思うが、何刻頃店を出た?」

「……六つ前だったと思います」

長兵衛は少し考えて答えた。伝次郎は目を光らせた。為七が殺されたのは、この店を出たあとと考えていい。

「そのとき店に、他の客はいたか」

「為七が帰る少し前に二人来ました。で、殺されたってほんとうですか」

長兵衛は信じられないという顔である。

「野辺送りは今日終わった」

伝次郎が答えた。

「なんでまた、そんなことに……」

「わからねえから調べているんだ。で、やつとそのときどんな話をした？」

小一郎が再度問いかける。

伝次郎はこういったとき、出しゃばらないで控える。

「為七がやってきたのは七つ過ぎでしたか。酒をちびちび飲んで、ガキの時分の話をしていましたが……」

「他に話は？」

長兵衛は小首をかしげ、視線を短く彷徨《さまよ》わせてから小一郎を見た。

「仕事は枕橋のそばにある道場だといってました。それから、お武家にもいろいろ厄介ごとがあるんだ、おれにはわからねえことだが、町人も侍も同じだな、みたいなことを口にしましたが」

「それで……」

「それだけです。あっしが何かあったのかと聞きますと、たいしたことじゃないといって、またガキの頃の話に戻ったんです。三合ほど飲むと、そろそろ引きあげる、また来るといって勘定を払って出ていきました。まさか、そのあとで……」

「長兵衛、おまえは為七を見送ったか？」

伝次郎だった。

「いえ、板場からまた来いといっただけです」

伝次郎は土間奥の板場に目をやった。板場には視界を塞ぐ壁も何もないので、板場にいながら客と話ができるようになっていた。

「為七が外に出たとき、誰かあやしいやつがそばにいなかっただろうか？」

長兵衛は、わからない、いたとしても気づかなかったといった。

「ついでだ。ここで話をしよう。長兵衛、邪魔をするぜ」

小一郎はそのまま店のなかに入り、幅広縁台に腰をおろした。伝次郎も隣に腰をおろして店のなかを眺めた。なんとなく千草の店の造りと似ている。

二

酒を二合注文し、伝次郎と小一郎は互いに手酌した。お通しに椎茸《しいたけ》の佃煮《つくだに》と烏賊《いか》の塩辛が出されたので、それをつまんだが、なかなかいい味だった。塩辛くもなく、かといって味けないというのでもない。

伝次郎は千草に教えてやろうと思い、どこで仕入れたのか聞こうと思ったが、小一郎の前なので遠慮した。

「為七が道場を出てこの店に来たのは、ほぼ間違いないようだな。そして、店を出て殺された時刻ともほぼ辻褄《つじつま》があう」

小一郎が独り言のようにいう。

「気になるのは、為七のいったことです」

「うむ、おれもそれが引っかかる」

——お武家にもいろいろ厄介ごとがあるんだ、おれにはわからねえことだが、町人も侍も同じだ。

と、為七は長兵衛に語っている。

「道場でのことかもしれねえ。それにあの道場には二人の侍が出入りしている。三日前もそうだった」

小一郎は壁の一点を凝視していう。

「それにあの杉田甲兵衛という道場主は、二人の侍のことを、広瀬さんにもわたしにも話していません。為七はその侍の話を聞いたのでは……」

「それは聞いちゃならねえ話だった。そういうことかもしれぬ。だとすれば、為七は尾《つ》けられていたはずだ」

伝次郎は為七を尾けた黒い影を脳裏に描いた。

「広瀬さん、道場に出入りしている侍のことを調べているといいましたね。見張りもつけてあるんですか？」

「当然だ。だが、今日は様子を見たほうがいいだろう。うろついて先方に気づかれると、出した尻尾を引っ込めちまうってこともある」

「何か他にわかっていることは……」

伝次郎は小一郎に顔を向けた。

「何もない」

小一郎は盃の酒をいっきにあおった。


その頃、杉田道場では――

「では、船はいつ来る？」

白石徳之助《しらいしとくのすけ》は外出から戻ってきたばかりの、森川貫太郎《もりかわかんたろう》に顔を向けた。

「わからぬ。知らせが来ることになっているらしい」

貫太郎は腰から抜いた大小をそばに置き、火鉢に手をかざしてもんだ。

「いつ知らせは来るのだ？」

徳之助は脂ぎった四角い顔の貫太郎を見る。寒さのせいか団子鼻が赤くなっていた。

「六斎《ろくさい》船は月六回しか出ぬ。おそらくつぎの船だろう。五日後か六日後のはずだ」

「五、六日後か……」

徳之助は猫板に置いている湯呑みをつかみ、遠くをにらむように見た。濃い一文字眉の下にある目が鋭い。

六斎船は高瀬《たかせ》船より少し小型の船で、関宿《せきやど》の境《さかい》河岸を夕刻に出発し、翌朝、小《お》名木《なぎ》川を経由して、小網町《こあみちょう》の行徳《ぎょうとく》河岸につく。

六斎船は荷物も載せるが、基本は旅客船用で「乗合夜船」とも呼ばれている。

「明日だと思っていたが、なんでも圭之介《けいのすけ》殿が風邪を引いたらしいのだ」

「そういうことか……」

徳之助はふっと息を吐いて、火鉢のなかの炭を見た。赤い炭が小さな炎を立てて揺れている。

「本懐を遂げるのは少なくとも六日後以降ということか……」

もう一度独《ひと》りごちた徳之助は、強く唇を噛んだ。

二人は関宿藩・久世《くぜ》大和守《やまとのかみ》の元家臣だった。総髪にして隠れるように江戸に住んでいるのには、理由があった。

それは今年の春のことだ。

徳之助の長男・徳太郎《とくたろう》は、関宿城下の剣術道場に通っていたのだが、その道場には家老・佐久間泉右衛門《さくませんえもん》の長男・圭之介も通っていた。

徳太郎と圭之介は好敵手の間柄で、道場にあって互いに一歩も引かない腕を持っていた。

ある日、その二人が稽古の合間を縫って、対戦したことがあった。勝負は五分と五分だったが、徳太郎が隙をついて圭之介に足払いをかけて一本取り、勝った。

だが、負けた圭之介はそのことが気に入らなかったらしい。

その日、道場を出た徳太郎は、城下の茶屋で待っていた許嫁《いいなずけ》の正江《まさえ》といっしょに家路についたのだが、城下町を外れたところで圭之介が目の前にあらわれた。ひとりではなく圭之介は三人の供を連れていた。

徳太郎と正江の行く手に立ち塞がった圭之介は、その日の立ち合いは卑怯《ひきょう》だとなじった。足払いをかけられなければ勝負の行方はわからなかった。だが、姑息《こそく》な手段で足払いをかけられたから、自分は負けたというのだ。

徳太郎は足払いも剣術のひとつの技だといったが、圭之介は承服しなかったばかりか、腰の刀を抜いて勝負だといって斬りかかってきた。

とっさにかわした徳太郎は、城下での刃傷《にんじょう》沙汰は御法度《ごはっと》なので、「待て、待て」

と制止したが、圭之介の怒りはおさまらないのか、容赦なく斬り込んでくる。

徳太郎は下がったり、半身をひねったりしてかわしたが、片腕を小さく斬られた。そのことで頭に血を上らせた徳太郎も刀を抜いて応戦したが、斬られた腕の痛みにうまく刀を操れず、ついに袈裟懸《けさが》けに胸を斬られて倒れた。

即死ではなかったが、出血がひどく徳太郎は翌朝、息を引き取った。

寝ずの看病をした父親の徳之助は、いっしょに看病をする正江からことの一部始終を聞いて、圭之介の父・佐久間泉右衛門に言上し、圭之介の無謀を非難した。

徳之助は同時に他の重臣にも言上して理解を求めた。しかし、徳之助の訴えは通らなかったばかりか、逆に悪いのは斬られた徳太郎だという風聞が流れた。

先に刀を抜いたのが徳太郎だというのだ。城下での家臣同士の刃傷沙汰はおろか、刀を抜きあっての喧嘩は御法度である。その決まりを破ったのが徳太郎で、圭之介はやむなく斬るしかなかったということになった。

その場に居合わせた正江は、それはまったくのでたらめで、逆のことだと徳之助に申し立てたが、圭之介の供をしていた三人が、正江の証言を嘘だといった。

理不尽にもほどがあるので、徳之助はよくよく調べたうえで裁きをお願いすると上申した。

すると、徳之助は徒士頭《かちがしら》から馬廻り役に引下勤《ひきさげづとめ》（降格）となった。自然、禄も少なくなる。引下勤になったのは、徳之助だけではなかった。

正江の父・森川貫太郎も馬廻り役に落とされたのだ。娘の正江が嘘を触れまわったからという理由だった。

まったくそんなことはなかった。でたらめだった。理不尽以外のなにものでもなかった。

ある家老は、その理不尽さに憤慨している徳之助にいった。

——命あっての物種《ものだね》。死罪にならなくてよかったではないか。

徳之助は「そんな馬鹿なことがあってたまるか」と、肚の内で毒づいた。

そして、出奔を決意し、森川貫太郎と、敵討ちをするのだと刀の鍔《つば》を打ち合わせて金打《きんちょう》（固く約束すること）したのだった。

パチッと目の前の炭が爆《は》ぜたので、徳之助は現実に立ち返った。

表に目を向けると、障子にあたっていた光が弱くなっていた。居間もその分暗くなっていた。

「誰が知らせてくれるのだ？」

徳之助は茶を飲んでいる貫太郎を見た。

「高橋伊三郎《たかはしいさぶろう》だ」

「あやつか……」

徳之助は高橋伊三郎の顔を脳裏に浮かべた。

同じ徒士組にいた男だ。いまは参勤で江戸詰になっているが、徳之助と貫太郎に深く同情していた。口の堅い男だから密計は漏れないだろう。

表に足音がして、戸の開く音と同時に、

「ほっほっほっほ」

という剽軽《ひょうきん》な声が玄関に入ってきた。主の杉田甲兵衛だった。

「おお森川、帰ってきておったか。運のいいやつだ」

甲兵衛はそんなことをいいながら居間に上がり込んできて、小脇に抱え持っていた包みを開いた。

「蒸《ふ》かし芋をもらってな。食べよう、食べよう。白石、茶を淹れてくれるか」

甲兵衛はにこやかにいって蒸かし芋を徳之助と貫太郎に配り、

「それで、圭之介殿のことはわかったのか」

と、貫太郎を見た。

「明日ではなく、五、六日遅れるとのことです。なんでも風邪を引いたらしく」

「さようか……」

甲兵衛は徳之助が淹れた茶を受け取った。湯呑みの湯気をふうと吹いて、貫太郎と徳之助に真顔を向ける。

「よもやしくじりはならぬな。そなたらは脱藩をしてまで敵を討とうというのだ。それで圭之介殿はどこの屋敷に？」

甲兵衛がそう聞くのは、関宿藩には上・中・下、それぞれの江戸屋敷があるからだ。だが、佐久間圭之介はいずれの屋敷にも入らないらしい。

「家老が住まっている町屋敷のほうです」

「重臣ともなれば、町屋敷に住めるのか。で、場所は？」

「下屋敷に近い深川材木町《ざいもくちょう》です」

甲兵衛はキラッと目を光らせて口を開いた。

「そこもとらの剣の腕はよく知っている。しくじりはしないだろうが、気をつけることだ。相手はご家老の跡取り。供連れもいるはずだ」

「承知しております」

徳之助が慇懃《いんぎん》に答える。

「ま、それまで稽古を積んでおけ。それで畳屋は来たか」

「はい、昼前にやってきて残りの畳を仕上げて帰っていきました。畳もすべてはめ込んでいきました」

「ほう」

甲兵衛はのそりと立ちあがると、襖《ふすま》を開けて新しい畳の敷かれた座敷を見た。

「新しい畳になると、部屋が変わって見える。ここへ来たときには、破れ畳で、それも黴《かび》が生えておったからな。これで安心して暮らすことができる。しかし、為七と近所の畳屋の仕事がはっきりわかる。こうも腕のちがいがあるのか……」

徳之助も同じことを感じていた。

今日やってきた畳屋は若い職人だった。仕事ぶりに文句はいえないが、すでにできあがっている畳に比べるとできがよくなかった。

「しかし、先生。よく何もせずに暮らしていけますね」

元の席に戻って来た甲兵衛に、貫太郎が訊ねた。

「どうにかこうにか暮らしているだけだ。だけど、もう手持ちの金は底をついた。門弟を集めるしかないが、なかなかやってこなくてな。だが、道場の体裁も大分整ったので、これまでとはちがうだろう。この蒸かし芋は、なかなかうまい。そこもとらも熱いうちにお食べなさい」

徳之助は勧められて、蒸かし芋に口をつけた。

三

翌朝、伝次郎が舟に乗り込んだとき、河岸道から声をかけられた。伝次郎は舫《もやい》をほどこうとした手を止めて振り返った。広瀬小一郎と小者《こもの》の八州吉《やすきち》が立っていた。

「話がある」

小一郎が渋い顔でいった。

伝次郎が舟から河岸道にあがると、どこかその辺で話そうと、小一郎はうながす。

猿子橋をわたったところにある茶屋に入ると、

「道場に出入りしている侍のことがわかった」

と、小一郎が口を開いた。

「何者です？」

伝次郎が聞いたとき、店の女がやってきたので茶を注文し、その茶が届けられたあとで、小一郎は問いに答えた。

「どうやら久世大和守様の家来衆のようだ」

「関宿のお大名の家来ということで……」

「そうだ。だが、おかしいのは、その二人が月代《さかやき》を剃らずに総髪にしていることだ」

「総髪に……」

伝次郎が疑問に思うのは不思議ではない。

大名家の家臣ならちゃんと月代を剃るからだ。

「それに、道場主の杉田甲兵衛が、以前久世家の剣術指南をやっていたのもわかった。お役を解かれたのは二年前で、それから小石川《こいしかわ》の大雲寺《だいうんじ》に寄食し、施しを受けて暮らしていたらしいが、その寺の住職が死んでから、いづらくなったのかどうか知らぬが、いまの枕橋そばに移ってきたようだ。三月ほど前のことだ」

「では、その二人の侍は杉田甲兵衛殿の門弟ということですか」

「おそらくそうだろう。だが、出入りしている二人の侍が、久世家の家来なら、おれは手が出せぬ」

小一郎がそういうのは、町奉行所の管轄外だからである。武家の調べはできないのだ。

「しかし、その二人は江戸屋敷には出入りしていません」

いったのは小者の八州吉だった。

伝次郎はふっくらした饅頭顔の八州吉を見た。

「浪人か……」

「そう考えていいかもしれませんが、よくわかりません。ひとりは久世家上屋敷詰の勤番と親しく話をしています。何かわけがあって、江戸屋敷に入らず、杉田道場にいるのかもしれません。とにかく相手が久世家の家来なら用心しなければなりません」

「おまえが調べたのか？」

八州吉はそうですすと認めてうなずいた。

「広瀬さん、どうするんです？」

伝次郎は小一郎を見る。

「下手に探りを入れたばかりに、久世家から苦情でも出されたら、お奉行に恥をかかせることになる。いましばらく様子を見るしかないが、おれは別の見地から為七殺しを探ることにする」

小一郎の判断は正しいだろう。町奉行所の与力や同心なら、みな同じことを考えるはずだ。

「別の見地とおっしゃいますが、なにか手掛かりでも……」

「いまはないが、わかっていないことが他にもある。為七はたぬき屋で、お武家にもいろいろと厄介ごとがあるといっている。それが、道場に出入りしている二人から聞いた話かどうかわからぬ。たぬき屋に行く途中で聞いたことかもしれぬ。それに、やつは脾腹を背後から刺されている。侍の仕業なら大刀で背中をばっさりと考えるのが道理だ」

「そうでしょうが……」

伝次郎はきらきらと朝日をはじく六間堀に目をやった。

「伝次郎、おぬしが杉田道場に探りを入れることに差し障りはない」

そっちはおまえにまかせると、小一郎はいっているようなものだ。

「いいでしょう。わたしはこのまま調べをやめるつもりなどありませんから」

伝次郎は短く小一郎と見つめあった。

「何かあったら、いつもの番屋に知らせてくれ」

小一郎はポンと伝次郎の肩をたたくと、そのまま八州吉を連れて去った。

置き去りにされたように河岸道に立っている伝次郎は、何も考えず、しばし頭の中を空っぽにして、青い冬空を眺めた。それから我に返ったように雁木を下りて、自分の猪牙舟に乗った。

舫をほどき、棹を持つと自然に向かう場所が決まった。

杉田道場に行こうと決めたのだ。自分は町奉行所の人間ではない。相手が幕臣だろうが、大名家の家臣であろうが関係ない。

ただ心の深奥にあるのは、罪もない為七を殺した下手人への憎悪である。

（罪人を野放しにはできない）

六間堀を抜け、竪川を経由して大川に出る。そのまま艪を使って川を遡《さかのぼ》る。

考えなければならないことはいろいろあるが、冬の大川の景色を眺めながら、元気だった頃の為七の顔を脳裏に思い浮かべる。

愚にもつかないおもしろい話をしては、前歯が二本欠けた口を隠しもせずに、楽しそうに笑った。伝次郎さん、伝次郎さんと、親しくしてくれてもいた。職人特有の頑固さを持ちあわせてはいたが、気のいい男だった。

吾妻橋をくぐり抜けると、猪牙舟を源森川に乗り入れた。その川口に架かっているのが枕橋だ。橋のそばに舟を繋ぐと河岸道にあがった。

すぐそばに杉田甲兵衛の道場がある。明るい日射しの下で見ると、ずいぶん古い家だということにあらためて気づかされた。屋根はところどころ崩れかかっているし、土壁も剝がれかかっている箇所があった。

道場に行く前に先日立ち寄った茶屋で一服した。茶を飲みながら煙管を吹かしていると、茶屋の亭主が通りかかって、「おや、これは」と声をかけてきた。

「いい天気だな」

伝次郎は挨拶代わりの言葉を返した。

「まったくようございます。朝晩の冷え込みは勘弁願いたいものですが……。そうそう、道場の先生にはお会いになりましたか」

「会って話をした」

「そりゃあ、ご奇特なことを。あの先生は変わり者ですからね」

「変わり者……どういうことだ？」

「道場をかまえているくせに、門人はいないし、物もらいのように近所の店を訪ねてまわるんです。捨てるような残り物はないかといってね。あれば、恥ずかしがりもせずにありがたく頂戴してお帰りになる。ときどき、道場の前に座ってらっしゃるんですが、そのときは渋い柿をうまそうにかじったり、大根をかじったりしておいでです」

「そんなことを……」

「冬だというのに、いまだに単《ひとえ》の着物です。鼻毛は出ているし、目脂《めやに》もこびりつけているし、あれでは門弟も集まらないだろうと、もっぱらの噂です。無外流《むがいりゅう》をやってらっしゃるそうですが、果たしてその腕はどうなんでしょうね」

「無外流……そうだったか……」

「あ、こりゃ余計なことを」

亭主はぺこぺこ頭を下げて奥に引っ込んだ。

伝次郎は道場に出入りしているらしい二人の侍のことを訊ねようと思ったが、機を逸してしまった。

茶屋で暇をつぶしたのは、このまままっすぐ道場を訪ねるのが、賢い方法かどうかを考えるためだった。

これで二度目の訪問となるので、相手は警戒心をはたらかせているだろうし、二人の侍のことを穿鑿《せんさく》されるのをいやがるかもしれない。現に、その侍のことを自分にも広瀬小一郎にも隠していたのだ。

だが、ここで無駄な時間を取りたくなかった。伝次郎は杉田甲兵衛に会おうと床几《しょうぎ》から腰をあげた。

「やあ」

というかけ声が聞こえたのは、道場が近くなったときだ。同時に板を蹴る音がし、つづいて木刀の打ち合わさる乾いた音が重なった。

道場の戸を開け放して、二人の男が立ち合い稽古をしていたのだ。甲兵衛は上座の見所《けんぞ》であぐらを組み、にこやかな表情で稽古を見守っていた。

「とおッ！」

肩幅の広い男の木刀が、中肉中背の脂ぎった男の肩に撃ちおろされた。

「そこまで」

見守っていた甲兵衛が声を張ると、寸止めされた木刀がすうっと下げられ、二人の男はゆっくり下がって一礼した。

伝次郎と甲兵衛の目があったのはそのときだった。

「これは船頭さん」

甲兵衛が声をかけてきた。

四

「またおいでになりましたか。どうぞ、おあがりなさい」

甲兵衛がにこやかに招じたので、伝次郎はそのまま道場にあがった。

天井が低いせいか、道場の床は敷居の高さに造り替えられていた。そのせいで廊下が一段高くなっている。鴨居も取り払われていた。広さは十二畳ほどだ。

「船頭の伝次郎です」

伝次郎が畏《かしこ》まって座ると、甲兵衛が二人の侍を紹介した。

「こちらはわたしの古い友人で、白石徳之助」

紹介された男が目礼した。濃い一文字の眉で、左顎のあたりに半寸四方の痣《あざ》があった。

「こっちは森川貫太郎という」

森川は黙って伝次郎を見つめた。脂ぎった四角い顔に大きな団子鼻だった。稽古をしたせいか、その団子鼻がてかてか光っていた。二人とも眼光が鋭い。

「伝次郎殿は船頭をやっておられるが、剣術の心得があるそうだ。いい体をしておるだろう」

甲兵衛はいいながら徳之助と貫太郎を見た。

「先生、お邪魔のようですから座を外しましょう」

徳之助がいって貫太郎にうなずいた。二人はそのまま道場を出て行った。それを見送った甲兵衛がもう少しこっちへと、伝次郎をうながした。

「為七のことでしょうが、何かわかりましたか」

伝次郎が近づくと、甲兵衛が聞いてきた。

「先生は隠し事をしていらっしゃいましたね」

「隠し事……はて、なんのことやら……」

甲兵衛はとぼけた顔で茶に口をつけた。接ぎのあたったよれた着物によれた羽織。鼻毛も伸びていれば、髷も乱れている。

「いまの二人の侍が、為七が殺された日にこの道場にいたということです」

「そのことか。聞かれなかったのでいわなかっただけだ。あの二人は客人だ。為七とはなんの関わりもない。まさか、あの二人を疑っているのではあるまいな」

甲兵衛はつかみどころのない笑みを浮かべているが、目の奥には鋭い光がある。

「為七はこちらの道場を出て、達磨横町にあるたぬき屋という居酒屋に立ち寄っています。そのとき店の主に、侍もいろいろあって大変だみたいなことを話していらっしゃいます。もしや、さっきのお二人の話を聞いて、そういったのかもしれません」

「だから、あの二人が為七を殺したとでも申すか」

甲兵衛は表情を少し厳しくした。

表から鵯《ひよどり》のいびつな鳴き声が聞こえてきた。障子の隙間から忍び入る日の光が、甲兵衛の膝許にのびていた。

「さっきのお二人がそうだというのではありません。為七は聞いてはならないことを聞いてしまい、それがために殺されたと考えることもできます」

「伝次郎殿、そなたは為七の友達らしいが、こんなことを調べてどうされる。船頭仕事は休みですか」

「為七はあっしの女房がやっている店の贔屓の客で、あっしとも親しくしていました。それに、為七には女房と十二歳の子供がいます。身内の嘆き悲しむ姿を見るとじっとしちゃおれねえんです。それに、為七だって浮かばれない。下手人がわからなきゃ殺され損ということになります」

「だからそなたがその下手人を捕まえるというのか」

「そのつもりです」

伝次郎はきっぱりいった。甲兵衛が眠たげな目をくわっと見開いた。

「町方も調べているんですよ。下手なことをすれば町方の調べの邪魔をすることになる。おやめなさい。そなたの気持ちはわからないでもないが、こういったことは町方にまかせておけばよいのだよ」

「為七はいまのお二人と話したことがあるんじゃないですか」

伝次郎は甲兵衛を見据えていう。

「それはない。伝次郎殿、いっておくが妙な穿鑿《せんさく》はやめたほうがいい。あの二人は為七殺しにはなんの関係もない。それだけは、はっきりしている」

「その証拠は……」

甲兵衛の目が厳しくなった。

「くどいッ。関わりがないことは、このわたしがちゃんと知っておる」

伝次郎は少し考えた。

甲兵衛が久世家の剣術指南役だったことを口にすればどうなるか？　また、白石徳之助と森川貫太郎が、久世家の家来ではないかといえばどうなるか？

「わかりました。ご無礼いたしました」

結局、伝次郎は頭を下げて退散することにした。証拠も裏付けもないことを、いくらいっても無駄だと悟ったからだ。

「伝次郎殿」

声に振り返ったと同時だった、ビュッと風を切って飛んでくる湯呑み茶碗があった。伝次郎がさっと体をひねってかわすと、甲兵衛が年には似合わない素速さで、手にした木刀で撃ち込んできた。

伝次郎はとっさにかわすと、摺《す》り足を使って右に動きながら、

「何をするんです！」

と、怒鳴った。

「やはり、ただの船頭ではないな。いまの動きで、遊びで剣術をやったものではないとわかった。ほっほっほっ」

甲兵衛は奇妙な笑いを漏らして、木刀を下げた。

「おもしろい船頭だ。伝次郎殿、下手人探しは町方にまかせて、この道場に通わぬか」

「断ります。だが、知っていますよ」

「なにをだ？」

「先生が久世家で剣術指南をやっていたということです」

腹が立っていたのでそんなことをいったが、伝次郎はいったあとでしまったと思った。だが、それはあとの祭りだった。

「どこでそんなことを……」

「町の噂です。そんなことを耳にしたんです」

誤魔化したが、通じるかどうかわからなかった。案の定、甲兵衛はかたい表情になっていた。

五

「おかしなことがある」

甲兵衛は母屋の座敷に戻るなり、徳之助と貫太郎の前に座っていった。

「なんでございましょう？」

徳之助が一文字眉を向けて聞く。

「いま来た船頭だ。この座敷の畳を替えてくれた為七という職人の友達らしいが、ただの船頭ではない」

「どういうことです?」

貫太郎が脂ぎった顔で聞く。

「わたしが久世家で剣術指南をやっていたことを知っていた。船頭は町の噂で聞いたといったが、そんなことを知っているものはいないはずだ。わたしは一切そのことは口にしておらぬ。それに、久世家の人間もこの町にはいない」

「どういうことで……」

「わたしに探りを入れたのだろう。それに、そこもとらのことを疑っている。為七を殺したのではないかと」

「不躾《ぶしつけ》なことを……」

貫太郎は苦々しくいう。

「白石、森川、為七と話をしたことはあるか? ないと思うが……」

甲兵衛の問いに、徳之助と貫太郎は一瞬顔を見合わせ、

「こちらに伺った日に見かけただけです」

と、貫太郎がいえば、

「挨拶もしておりません」

と、徳之助もいう。

「そこもとらの話を為七に聞かれたというのはどうだ?」

二人はそんなことはないと、はっきりといった。

「たしかであるな」

「先生に嘘をいうはずがありません。それに為七なる職人を殺す筋合いもないのです」

徳之助が話にならないという顔で応じた。

「さようであろう」

「それにしても引っかかるのは、久世家のことを知っていたということです」

貫太郎が深慮する目でつぶやくようにいった。

「わたしもそれが気になるのだ。それにあの男、ただの船頭ではない。剣の覚えはたしかだ」

「なぜ、そうと……」

徳之助が顔を向けてきた。

「さっき、試したのだ。かなりできる。船頭というのは隠れ蓑かもしれぬ」

「よもや久世家の密偵ではないだろうな」

貫太郎は表情をかたくして徳之助を見た。

「探られるのは気味のいいものではない。何者なのか、こっちから探ってみるか。佐久間圭之介が江戸に来るまで、まだ日はある」

「うむ。よもやここに来てしくじりは許されぬからな」

徳之助は貫太郎に同意し、甲兵衛に顔を向けた。

「先生、さっきの船頭がどこに住んでいるかわかりますか」

「わからぬ。だが為七の家の近所だというのはわかっている。女房に料理屋をやらせているようだ。どんな店でなんという名かは聞いておらぬが……」

「為七の家はどこです？」

「深川常盤町だ」

徳之助は一文字眉の下にある目を光らせた。

「貫太郎、やつを探ってみよう。このままでは気色悪い」

「うむ、それはおれも同じだ」

六

伝次郎は杉田道場を見張っていた。

すでに、一刻がたとうとしているが、動きはまったくない。

道場の表戸が開け放してあるので、板敷きの稽古場はまる見えだが、そこにも人の姿はなかった。また道場を訪ねるものもいない。

（どうしたものか……）

伝次郎は心中でつぶやく。

長い見張りには慣れているが、そろそろ痺れが切れてきた。

それに甲兵衛の自信ある物いいに、嘘は感じられなかった。

——いっておくが妙な穿鑿はやめたほうがいい。あの二人は為七殺しにはなんの関係もない。それだけは、はっきりしている。

そういったときの甲兵衛の目は、嘘や誤魔化すときのものではなかった。かつて定町廻《じょうまち》り同心だった伝次郎にはわかる。

人はどんな人間であれ、嘘をついたり誤魔化したりするときには、目の動きと表情に変化が出る。甲兵衛にはそれがなかった。

（おれの思いちがいなのか……）

白石徳之助と森川貫太郎という二人の侍に対する疑念がうすれかかっていた。二人は久世家の人間、あるいは久世家の関係者だと思われる。

なにゆえ杉田道場の食客になっているのかわからないが、甲兵衛は元久世家の剣術指南である。ということは、二人はその門弟だったのかもしれない。

それに為七に侍の知りあいはいないし、白石と森川との接点もない。ただ、気になっているのは、為七がたぬき屋で主の長兵衛に漏らした言葉だけである。

――お武家にもいろいろ厄介ごとがあるんだ、おれにはわからねえことだが、町人も侍も同じだ。

なぜ為七はそんなことをいったのだろうか？

道場であの二人の侍の話を聞いたからだと思い込んでいたが、甲兵衛は伝次郎の疑念を否定した。

すると、たぬき屋に行く途中で聞いたことかもしれない。だとすれば、どこで誰の話を聞いたのだ。

伝次郎は櫺子格子《れんじごうし》から表を見た。道場には依然として動きがない。見張場にしているのは、安っぽい一膳飯屋だった。昼が近くなったらしく、客がひとり二人と入ってくる。

新しい客が入ってきて、伝次郎の隣に座ったとき、ある考えが浮かんだ。為七は殺された日のことを口にしたのではなく、別の日に侍の悩み事を耳にしたのかもしれない。もし、そうなら女房のおけいが聞いているかもしれない。もし、おけいが聞いていれば、杉田甲兵衛に失礼な疑いをかけたことになる。相手は貧乏道場の師匠でも、以前は久世家の剣術指南だった人間だ。久世家は幕府の重職に就く譜代《ふだい》大名である。

へたな勘繰りを入れたばかりに火傷《やけど》を負うということもある。それに伝次郎には苦い思い出がある。

下手人捕縛のためとはいえ、許しもなく大目付《おおめつけ》の屋敷に入ったのだ。それが町奉行所を去るきっかけになった。

広瀬小一郎が神経を使うように、伝次郎もここは慎重になるべきだと考えた。そう思い決めると行動は早い。

枕橋の猪牙舟に戻ると、そのまま深川をめざした。棹を操りながら、とんだ道草を食っていたのかもしれないと、軽く舌打ちをした。

主の為七を亡くしたおけいの長屋を訪ねたが、留守であった。同じ長屋のおかみに訊ねると、昼前に友吉を連れてどこかへ出かけたという。

「夕方には帰ってくるんじゃないかしら」

おかみはそう付け加えた。

伝次郎はそのままおけいの長屋を出た。まだ日は高い。

(今日は閑暮《ひま》らしをする日かもしれない)

そんな思いが募った。また、そんな日がままあるのもたしかだ。

猿子橋に戻り、煙草を喫んでこれからのことを考えた。とにかくおけいから話を聞かなければならないが、それまでにはまだ間がある。

仕事をしてもよかったが、家に帰って着替えるのも面倒だし、仕事をやろうという意欲もなかった。

「広瀬さんは……」

思わずつぶやきを漏らすと、そのまま棹をつかんで猪牙舟を出した。行くのは広瀬小一郎が連絡場に使っている南本所横網町の自身番である。

伝次郎は六間堀を上り、竪川に出て、一ツ目之橋《ひとつめ》の手前で舟を下りて陸《おか》に上がった。そのまま回向院《えこういん》門前を通り、目当ての自身番を訪ねた。

「これは沢村の旦那……」

顔を知っている書役が声をかけてきた。

「広瀬さんがどこにいるかわからないか？」

「さっき北本所に駆けて行かれたばかりです。なんでも殺しが起きたそうなんです」

「殺し？」

「へえ、畳職人殺しがあったんですが、その場所に近いところだそうで」

「いつのことだ？」

伝次郎は目を光らせ聞いた。

「知らせが入ったのは小半刻ほど前だったでしょうか、番場町の源八《げんぱち》親分から知らせがありましてね、八州吉さんと血相変えて……」

伝次郎はすべてを聞く前に自身番を飛びだしていた。

番場町というのは北本所番場町のことである。その町を仕切っているのが、源八という岡っ引きだった。

新たな殺しは、為七が殺された場所に近いという。もし、その殺しの下手人が捕まっていれば、為七を殺した人間と同じかもしれない。

足を急がせる伝次郎は、風の冷たさも忘れていた。いつしか裾を尻端折りして、小走りにもなっていた。

額と脇に汗がにじんできたとき、伝次郎は足をゆるめた。北本所番場町の自身番前に人がたかっていたからだ。野次馬は揃ったように自身番をのぞき込んでいる。

「ちょいと通してくれ」

野次馬をかきわけて、自身番の敷居をまたぐと、そこに八州吉がいた。そして、居間には後ろ手に縛られた男が、小一郎の訊問を受けていた。

「下手人か？」

伝次郎は八州吉に聞いた。

「まだ、わかりません」

八州吉は首を横に振った。

「殺されたのは誰だ？」

伝次郎は小一郎の取り調べの邪魔にならない声で、八州吉に問う。

「五市という薪炭屋の担い売りです」

「なんだと」

伝次郎は驚かずにはいられなかった。為七の死体を見つけた男だったからだ。

七

小一郎の訊問を受けているのは、宇七《うしち》という遊び人ふうの男だった。五市が殺されたとき、血にまみれた匕首《あいくち》を手にしていたのだ。

「何度いやァわかるんです。あっしはやっちゃいませんよ。そばに落ちていたから拾っただけなんです」

宇七は泣きそうな顔で訴える。

「よし、それじゃ百歩譲っておめえのいうことを信じてやろう。だが、おめえは五市が殺されたとき、そばにいたってことだ。そうだな」

「寺から出てきたら、五市って男が苦しみもがいていたんです。それですぐこと切れちまいましたが……」

「なんべんも聞くが、そのとき誰か見なかったか？　おめえの仕業じゃなかったら、他に五市を殺したやつがいるはずだ」

「だから、誰も見なかったといってるじゃありませんか。あっしは苦しんでいる五市の肩を揺すって、大丈夫かって聞いて、そばに落ちていた匕首を拾っただけです。それで通りかかった野郎が、おれが刺したんだと思いちがいして騒いだんです。あっしじゃありませんよ」

小一郎はしばらく宇七をにらむように見て、大きく息を吐いた。

「旦那、頼みます。あっしじゃないんですから放してください」

宇七は縛られたまま、必死に頭を下げた。だが、小一郎は取り合わなかった。

「八州吉、この野郎は留め置いておく。繋《つな》げ」

「ひッ」

宇七は驚愕したが、八州吉に引き立てられた。自身番の居間の奥には小部屋があり、容疑者を一時留置できるようになっている。

「伝次郎」

煙管をつかんだ小一郎が、伝次郎に気づいた。

「やつは……」

「わからねえ。それより聞きたいことがある。表へ」

そのまま小一郎は土間に下り、伝次郎といっしょに表に出た。どけどけと、野次馬を追い払うが、もうその人数は減っていた。

伝次郎が川岸に立つ小一郎の隣に行くと、

「あの野郎は、五市を殺していないだろう。まだ、そうだと決めつけることはできねえが、下手人らしき男を見たやつが他にいねえんだ」

小一郎は苦々しい顔でいった。

「宇七と五市の関係は？」

「いまのところ繋がりはないようだ。宇七は暇つぶしに普賢寺《ふげんじ》に入って、焚き火をしていた寺の小僧と世間話をして、表に出た。そこでもがき苦しんでいる五市に気づいたといっている」

「五市は下手人のことを口にしていないんですか？」

「宇七は何も聞いていないという」

宇七が刺された五市を見つけたのは、半刻《はんとき》（一時間）ほど前だった。そして、通りがかったものが自身番に駆けつけて、血まみれの匕首を持っていた宇七を下手人と決めつけた。小一郎が宇七を捕まえるのに時間は要していない。

知らせたものが宇七のことを知っていたからだ。

「宇七は何をやっている男です？」

「雲助《くもすけ》をやっていたらしいが、いまは職探しで口入屋《くちいれ》に通う毎日のようだ。北本所荒井町《あらいちょう》の裏店にひとりで住んでいる。そこでしょっ引いたんだが、人を殺した顔はしていなかった。もっともおれが乗り込んだとき、慌てちゃいたが……」

「五市の死体はどうしたんです？」

「奉公先の成田屋が引き取った。背中をひと突きだ」

「それも宇七が持っていた匕首でですか」

「そうだ。とにかく為七の殺された場所のすぐ近くだし、二人とも背後から襲われている。宇七のことはこれからよくよく調べなきゃならねえが、道場のほうはどうなんだ？」

小一郎は日の光がまぶしいのか、目を細めて伝次郎に顔を向けた。

「なんともいえませんが、ひょっとすると、まったく殺しに関わりはないかもしれません」

伝次郎はその理由を簡単に話した。

「そうか、とにかく相手は譜代大名家に関わりがあるんだ。あまり突っ込まないほうが無難かもしれねえ」

「そうかもしれませんが、もう少し調べてみます。もし、為七殺しに深い関わりがあるようなら、久世家の目付《めつけ》に届けることにします」

「それがいいだろう。それでどうする？」

小一郎は五市殺しの調べに付き合うかという顔をした。

「為七の女房からもう一度話を聞こうと思います」

「そうか。それじゃまただ」

小一郎はそばにやってきた八州吉に、顎をしゃくって歩き去った。

二人を見送った伝次郎はそのまま、おけいに会いに行くことにした。為七殺しの下手人があがるかと思っていたが、期待は外れた。軽い落胆を覚えながら歩いた。

千草の店の前まで来ると、もう暗くなりかけていた。師走の日はつくづく短いと思い知らされる。店は閉まっていたが、ためしに戸を開けると、千草が板場で仕込みをしていた。

「どうなさったの？」

千草がきょとんと見てきた。

「通りかかっただけだ。為七が殺された場所の近くで、また殺しがあってな。それで広瀬さんがある男をしょっ引いたが、どうもちがうようだ」

「為さんが殺された場所の近くで起きたのですか……」

千草は前垂れで手を拭きながら板場から出てきた。

「ひょっとすると、同じやつの仕業かもしれん。広瀬さんが調べをしているが、どうなるかな」

「それであなたは？」

「おけいに聞きたいことがあるんだ」

「おけいさんだったらさっきここに来ましたよ。友吉の奉公先が決まったらしいの」

「ほう、そりゃ結構なことだ。それじゃ長屋にいるな」

「そのはずです」

千草は茶を淹れるといったが、伝次郎は断ってそのままおけいの長屋を訪ねた。

「友吉、奉公先が決まったらしいな」

伝次郎は、まずは友吉に声をかけた。友吉は少し嬉しそうな顔でうなずいた。

「で、どこの店だ？」

その問いに答えたのはおけいだった。

「熊野《くまの》屋という醤油酢問屋です。この子も年が明けると十三になります。熊野屋さんも気持ちよく引き受けてくださいまして……」

おけいはホッとした顔でいった。

「友吉、よかったな。いずれは立派な商人になるんだ」

伝次郎が友吉の頭をなでると、嬉しそうに破顔した。

「それで伝次郎さん……」

おけいが笑みを引っ込めて見てきた。何をいいたいかは察しがつくので、

「まだ調べの途中だ。もう少し待ってくれ。為七にもはっきりしたら、教えてやらなきゃならねえからな。そうしねえと為七も浮かばれねえ」

伝次郎はそう応じた。

「まったくです」

「それで為七がああなる前のことなんだが、どこかの侍の愚痴を聞いたという話を聞いちゃいねえか？」

「侍の愚痴ですか……」

おけいは肉づきのよい丸顔をかしげたが、そんな話は聞いていないといった。伝次郎はさらに付け加えた。

たぬき屋の長兵衛が、為七から聞いた話である。だが、おけいはそんな話は聞いていないといった。

すると、為七は殺される前、つまり杉田道場を出て、たぬき屋に向かう途中で侍の愚痴を聞いたということか……。

そのことはよく調べなければならない。

「まだ下手人に見当はついていないんですか？」

伝次郎が考えごとをしていると、おけいが話しかけてきた。

「町方の広瀬さんも必死になって探している。もう少し待ってくれ」

「伝次郎さん、よろしくお願いします。このままじゃ、わたしゃやり切れないんです」

「わかっている」

「殺してやる」

いったのは友吉だった。伝次郎が驚いたように見ると、友吉は目に涙をためて、唇を引き結んでいた。

「おいら、おとっつぁんの敵を討ちたい」

言葉を足したと同時に、友吉の両目から涙がこぼれた。

「友吉」

おけいが友吉を宥《なだ》めるように肩を抱き寄せると、友吉はそのまま胸に顔をうずめて肩をふるわせながら嗚咽《おえつ》した。父親を亡くした友吉の心情を考えると、伝次郎の胸が締めつけられる。

「友吉、お天道《てんと》様はちゃんと見ている。悪いやつは必ず成敗《せいばい》される」

伝次郎がいうのへ、おけいも友吉のふるえる肩をさすりながら言葉を被せた。

「そうだよ友吉、下手人はきっと見つかる。伝次郎さんがきっと成敗してくれるよ」

友吉はおけいの胸に顔をつけたまま、うんうんとうなずく。

伝次郎はそんな母子の姿を眺め、また来ると告げて表に出た。日はすっかり落ちて、暗くなっていた。

途中で千草の店にそのまま行こうかと思ったが、ひとりでこれまでのことを整理したかったので家に向かった。店に行くのはそのあとでもいい。

それは長屋が近づいたときだった。脇の暗がりに人の気配を感じ、そっちを見たと同時に鳩尾《みぞおち》に強烈な衝撃があり、そのまま意識が途切れた。

第三章　匕首

一

伝次郎はゆっくり目を開けた。

「騒ぐな」

目の前の男が低く抑えた声で忠告した。

伝次郎は首筋に刀をあてがわれていた。騒ごうにも騒げる状態ではない。

「きさまら……」

相手は杉田道場にいた二人の侍だった。それに、いまいるのは伝次郎の家だった。

「聞くことに素直に答えてくれれば、このまま何もせずに帰る」

いうのは白石徳之助だった。濃い一文字眉の下にある目を光らせている。伝次郎の首に刀をあてがっているのは、森川貫太郎だ。

「なんだ」

「おぬし、ほんとうは何者だ」

「おかしなことを聞く。船頭だ」

徳之助の一文字眉がぴくりと動く。

「ただの船頭ではない」

伝次郎は表情を変えず、徳之助を見、それから四角い顔に団子鼻をつけている森川貫太郎に、刀をどけるようにいった。

「ここはおれの家だ。それに騒ぎはしない」

いわれた貫太郎は、徳之助と目を見交わしてから刀を引いた。

「杉田先生が久世家で剣術指南をやっておられたことを、なぜ知っている?」

「人から聞いたのだ」

「それは誰だ」

伝次郎は徳之助を凝視した。

「きさまら、そんなことを聞くために、こんな荒っぽいことをしたのか」

「いえ」

徳之助が伝次郎の襟をつかんだ。

「なぜそんなことが気になるのだ。きさまらも久世家の人間なのか。それとも久世家に因縁でも持っているものか。手を離せ」

徳之助はゆっくり手を離した。

「ま、いい。きさまらがなぜこんなことをするか、おおよそ見当はつく」

徳之助と貫太郎は顔を見あわせた。伝次郎はつづけた。

「おれは為七を殺した下手人を探しているだけだ。為七は道場を出てから、ある飲み屋に立ち寄り、その帰りに背後から刺された。その飲み屋で為七は、お武家にもいろいろと厄介ごとがあると話している。それは聞いてはならないことだったのかもしれない。だから、聞かれた侍が為七の口を封じるために殺した。そして、杉田道場に疑いをかけるのは当然の成り行きだった」

「どういうことだ」

貫太郎だった。

「おれもそうだが、町方が道場に聞き込みに行った。そのとき、あの先生はおぬしらが出入りしていることを一言もいわなかった。なぜ、いわなかったのか？　それは為七殺しを隠すためだった。そう取られてもしかたあるまい」

貫太郎はふっと肩の力を抜くように息を吐いた。

「いっておく。伝次郎というのだな」

伝次郎は貫太郎の目を見つめてうなずいた。

「身共《みども》らは無用なことを聞かれた覚えはないし、為七と話したこともない」

「他人に秘め事を聞かれるようなこともしていない。疑うのは勝手だが、疑われるのは迷惑千万。為七という畳職人には恨みもなければ、殺さなければならぬ理由もないのだ」

徳之助が付け足した。

「わかったか？」

貫太郎が双眸《そうぼう》を光らせて伝次郎を凝視する。伝次郎は二人の顔をゆっくり眺めた。

うす暗がりだが、もう目は闇に慣れていた。

「では、なぜおれにこんなことを……」

「穿鑿されるのがいやだからだ。これ以上身共らにはかまうな。それだけだ」

「わかった。だが、ひとつだけ聞かせてくれ。おぬしら、久世家のものか？　総髪にしているから、そうではないかもしれないが……」

「久世家のものではない」

徳之助がはっきりいった。伝次郎はその言葉を信じるしかない。

「それにしても先生の目はたしかだ。おぬしはただの船頭ではない。いい刀を持ってもいる。業物《わざもの》だ」

貫太郎が居間の奥を見ていった。人の目につかない場所に伝次郎の刀が置いてある。井上真改《いのうえしんかい》だ。

「家探ししたのか。勝手なことを」

「手はつけておらぬ。悪く思うな。船頭を生業《なりわい》にしているということは、浪人であろうが、へたなことはせぬことだ」

「用がすんだのなら帰ってくれ」

「いわれずともそうする」

貫太郎はゆっくり腰をあげて、徳之助に顎をしゃくった。そのまま二人は静かに伝次郎の家から出て行った。

戸が閉まると、伝次郎は大きく息を吐いた。それから行灯《あんどん》に火を入れ、家のなかをあらためた。荒らされてもいなければ、盗まれたものもない。

どうやってこの家に入ったのだと考えたが、それは野暮《やぼ》だった。町人の家は、まして長屋ともなれば厳重な戸締まりはしない。してあっても、その気になれば容易《たやす》く侵入できるのが現実だった。

火鉢に火を入れ、煙管をつけて少し考えた。

杉田道場が為七殺しに関わっていなければ、下手人は他にいるということだ。すると小一郎の調べが本筋なのかもしれない。

(明日は広瀬さんの……)

調べに付き合おうと思った。

火鉢の縁に煙管を打ちつけて灰を落とすと、千草の店に行くために腰をあげた。

二

どんよりした曇り空の下、伝次郎の猪牙舟は六間堀を遡り、竪川を経由して大川に出た。曇ってはいるがまぶしい空だった。川中の澪《みお》が黒々と浮きあがって見える。伝次郎は今日も着流し姿だ。大橋をくぐり抜けると、右側に無数の杭が川波に洗われている。これは百本杭《ひゃっぽんぐい》と呼ばれる。

大橋の北側は流れが速く、川岸が浸食されやすいので杭を打ち込んで抵抗をやわらげているのだ。

杭の上には冬鳥が止まって、羽繕いをしたり、獲物を狙っているのか川面をにらんでいたりした。

伝次郎はその先にある物揚場のそばに舟を舫って陸に上がった。

「広瀬さんは?」

連絡場になっている南本所横網町の自身番を訪ねるなり、居間にいた書役に訊ねた。

「ついさっき八州吉さんと出て行かれました。番場町の番屋です」

「為七殺しについて、何かいっていなかったか？」

「留め置いている宇七という男を、解き放すとかおっしゃっていましたが……」

すると、宇七の容疑が晴れたのだろう。

伝次郎はそのまま北本所番場町の自身番に向かった。

大川沿いの河岸道を歩く。川風が強く、商家の軒に吊られている木札がカラカラ音を立てていた。

伝次郎は肩をすぼめるようにして歩く。風のせいか、水量豊かな大川には白波が立っていた。その様子を見て、舟でなく歩きで正解だと思った。

「宇七と、殺された五市の間には何もなかったからのようです」

北本所番場町の自身番に詰めている店番が伝次郎に話した。留置されていた宇七の姿はすでになかった。

「何もなくても、やつは匕首を手にしていたのだ」

「へえ、広瀬の旦那はそのことをずいぶん疑ってらっしゃいましたが、宇七を見ていたものがいたんです」

「それは……」

「外手町《そとでちょう》に町内持ちのお稲荷さんがありますね。そのお稲荷さんの茶や水を毎日替えている奇特な婆さんがいるんです。その婆さんが、寺から出てきた宇七を見て、五市に声をかけて匕首を拾ったのを見ていたのです。婆さんは宇七が殺したんじゃないといったそうです」

「その婆さんは下手人を見ているんじゃ……」

「それが見ていなかったんです」

「……それで広瀬さんはどこに？」

伝次郎は少し考えてから聞いた。

「聞き込みです。五市のことをもっと調べるとおっしゃっていましたが……」

伝次郎はそのまま自身番を出た。

一度外手町のほうに目をやる。奇特な婆さんが住んでいる町だ。この自身番のすぐそばにある小さな町屋だ。

伝次郎はそのまま稲荷社に足を運んで、河岸道の北を見た。為七は東漸寺の前で、五市はその手前にある普賢寺の前で殺されている。見通しは利く。

だが、婆さんは下手人は見ていなかったが、普賢寺から出てきた宇七は見ている。

(どういうことだ?)

伝次郎は稲荷社の近くへ行き、木戸番小屋の男に婆さんのことを訊ねた。外手町の東側の通りにある、丹波屋《たんば》という万屋《よろず》の婆さんだった。おたねという名で、耳が遠いらしく、伝次郎の問いかけに、耳に手をあてがって答えた。

「それじゃ五市を殺した男は見ていないんだな」

「見なかったですよ。きっとあたしがお稲荷さんの水を替えているときに、起きたんでしょう」

おたねは歯がないので、口をふがふが動かして答える。

「倒れていた五市は見えたんだな」

「人みたいなのが倒れていましたから、どうしたんだろうと思って見ていると、寺から出てきた若い男がびっくりして声をかけていましたよ。そして何か拾って驚いていました。それが匕首だったんでしょう。向こうからやって来た行商人がなにかいったら、慌てて逃げたけど……。あんた、このことは町方の旦那にもしゃべったんだよ」

おたねは迷惑そうな顔をして伝次郎を見た。

「もう一度聞くが、五市を刺した男は見なかったんだな」

「見てたら、しゃべっちまってますよ」

それ以上取りつく島がないと判断した伝次郎は、礼をいって店を出た。

吹きさらしの河岸道は、依然冷たくて強い風が吹いていた。

伝次郎が向かうのは五市が奉公していた成田屋という薪炭問屋である。小一郎は五市のことを詳しく調べているだろうが、自分も知りたかった。

風に逆らいやや前のめりになって歩く伝次郎は、自分の仕事を考えた。休んでばかりはいられない。

そう思った矢先に、友吉の泣き顔が脳裏に浮かんだ。

――おいら、おとっつぁんの敵を討ちたい。

友吉は昨夜そういった。

悲痛な思いである。それは母親のおけいも同じはずだ。

そのことを考えれば、自分の仕事などちっぽけなものだ。探索を打ち切るわけにはいかない。広瀬小一郎の助《すけ》は買ってでもしなければならない。

伝次郎は思いを決めると、くっと口を引き結んで足を速めた。

「旦那」

と声をかけられたのは、五市が奉公していた成田屋のそばに来たときだった。相手は八州吉だった。

「何かわかったか？」

伝次郎は八州吉のそばに行った。

「五市はご存じのとおり、成田屋の若い奉公人で、誰も文句をいうものはいません。ところが五市の親が感心できねえんです」

「どういうことだ？」

「博打《ばくち》好きで通っているらしく、厚かましくも成田屋に金を借りに来ているんです。一度や二度じゃありません。借金の口実がやくざに脅されているから、金を持っていかないと殺されるとか、貸してくれなきゃ与太公が成田屋に乗り込んでくるかもしれないと、物騒なことをいってるらしいんです」

「ひどい親だな」

「広瀬の旦那は、五市の親に殺しの因《もと》があるんじゃないかと考えたらしく、そっちの調べに行ってます」

「おまえはなぜここに？」

「他にも見落としや気づかない手掛かりがあるかもしれねえんで、聞き込みです」

「五市の実家はどこだ？」

「小梅瓦町《こうめかわらまち》です。旦那も行きますか？」

八州吉はふっくらした饅頭顔を向けてくる。

「いや、そっちは広瀬さんにまかせておけばいいだろう。で、おまえの調べはどうなってるんだ？」

「為七のこともありますが、成田屋にも何かあるんじゃねえかと……」

八州吉は耳打ちするようにいった。

「成田屋に？」

「へえ、まだ何ともいえませんが、裏に何かあるかもしれません。六兵衛《ろくべえ》という主は、あんまり評判がよくないんです。女房の他に妾《めかけ》を囲ってるんですが、金離れが悪いらしくしょっちゅう逃げられているといいます。そのことで女の恨みを買っているようなんです」

「六兵衛が女に脅されているとでも……」

「あり得ねえことじゃありません。お、やつが来ました」

八州吉が一方を見ていった。岡っ引きの源八がやってくるところだった。

「親分、何かわかったかい？」

八州吉が声をかけると、

「わかりましたぜ。成田屋にいちゃもんつけているやくざがいるんです。なんでも女のことで揉めているそうなんです」

と、源八は八州吉と伝次郎を交互に見ていう。

「どういうことだ？」

伝次郎が問うと、源八はそこの茶屋で話すと行って先に歩いていった。

伝次郎と八州吉は茶屋の床几に座ってから、源八の話を聞いた。

「揉めているのは浅草の寅次郎《とらじろう》というやくざもんです。揉めごとのもとはお蔦《つた》という女で、これは成田屋がいっとき囲っていたんですが、その裏で寅次郎とつながっていやがったんです。寅次郎はお蔦を疵物《きずもの》にされたといって脅迫してんです」

「それじゃお蔦は美人局《つつもたせ》だったというわけか」

「成田屋の手代から聞いたんですが、寅次郎は話を呑まなきゃ、成田屋の商売がどうなるかわからねえと脅してるそうなんです」

「話というのは金だろうが、いくら吹っかけているんだ?」

「その辺のことはわかりませんが、やくざのやることです。百両かその辺でしょう」

伝次郎は成田屋に目を向けた。青い暖簾《のれん》が風にまくれ上がっていた。店の表には炭俵と薪束が積んであった。

「源八、寅次郎というやくざだが、どこの町を縄張りにしているやつだ?」

「材木町のちんけなやくざもんです。行けばすぐわかるはずです」

「それじゃ、顔を拝んでこよう」

伝次郎が腰をあげると、

「旦那、あっしはついていかなくていいんで……」

と、八州吉が顔を向けてきた。

「おまえは成田屋のことをよくよく調べたほうがよさそうだ。なに、すぐに戻ってくる」

伝次郎はそのまま、八州吉と源八とわかれて浅草材木町に向かった。

雪がちらついてきたのは、吾妻橋をわたっているときだった。

(どうりで冷えるはずだ)

伝次郎は雪を降らせはじめた暗い空を見あげ、また橋の先に目を向けた。

為七は人気の少なくなった夕刻に殺されているが、五市は日のあるあかるい時分に殺されている。

そして、五市と為七殺しが同一犯だという証拠はない。

伝次郎はそれでも同じ人間の仕業ではないかという思いがあった。それは二人が殺された場所がほぼ同じだからだ。引っかかりを覚えるのはそこである。

果たして、寅次郎というやくざのことはすぐにわかった。

浅草茶屋町《ちゃやまち》にある飯屋で、三人の仲間と酒を飲んでいた。

「お楽しみのところ邪魔をするが、寅次郎っていうのはどいつだ」

「なんだてめえ」

色白の痩せた男がにらんできた。他の三人も気色《けしき》ばんだ目を向けてくる。

「おれは伝次郎というが、寅次郎に用がある」

いったとたんだった。色白の痩せが、蹴るように立ちあがった。

「おれが寅次郎だ！」

三

「威勢がいいな」

伝次郎は静かに寅次郎を眺めた。色白の顔が紅潮している。

「おれに何の用だ？」

寅次郎は口調を変え、伝次郎の爪先から頭までをなめるように見た。

「成田屋を知っているな。そういえば、どういうことだかわかるだろう」

寅次郎の片眉がピクッと動いた。目は一重の切れ長だ。

「成田屋の使いか？」

「そうじゃねえ。話を聞きたいだけだ」

「なんの話だ」

「お蔦という女のことで成田屋と話をしているらしいが、うまくいっているか？」

「そんなこたァ、てめえにゃ関係のねえことだ」

「たしかにそうだ。で、昨日の八つ過ぎどこにいた？」

「どこにいようが、おれの勝手だ」

「成田屋に五市という小僧がいるが知っているか？」

伝次郎は立ったまま寅次郎を凝視する。

「若い小僧がいるのは知っているが、名前まで知らねえよ」

「そうかい。で、昨日の八つ過ぎだ。どこにいた？」

「しつけえ野郎だな」

寅次郎は幅広縁台に腰をおろし、酒をあおった。三人の仲間は、いただけない目つきで伝次郎を見ている。

「いったいなんなんだ。それにおめえさんどこの何者だ。どこのどいつともしれねえやつが、いきなり成田屋を知っているかって、ふざけたことを聞きやがって」

三人の仲間がへらへらと笑った。

「本所方の広瀬さんの助をしているものだ。そういやァわかるだろう」

くいっと寅次郎の眉がつり上がった。

「昨日の八つ過ぎどこで何をしていた?」

伝次郎は同じことを聞いて、寅次郎の隣に腰かけた。

店のものが注文を取りに来たが、用はすぐすむのでいらないといった。寅次郎らの他に客はいない。

「昨日のその頃は……家にいたよ。家を出たのは日が暮れてからだ」

「家はどこだ? 教えなきゃ勝手に探すことになるが……」

「チッ、いやな野郎だ。お揚場《あがりば》のそばにある金助店《きんすけだな》だ」

お揚場というのは、将軍が浅草寺参詣の折、利用する舟着場である。

「おまえたち、寅次郎と仲がよさそうだが、いまの言葉に嘘はねえか」

「寅がそういってんだ」

ぺちゃんこ鼻の男だった。

「おれは夕方会ったよ」

狐顔の男がいった。

「八つ過ぎに寅次郎が長屋にいたのを知っているか?」

伝次郎は狐顔に聞いた。狐顔は他の仲間を見た。

「なんでそんなことを聞くんだ?」

寅次郎がため息をつきながらいう。

「成田屋の五市という小僧が殺されたからだ」

寅次郎の片眉が小さく動いた。伝次郎はつづける。

「おまえは成田屋を女のことで脅しているが、話はうまく進んでいないようだ。それで、見せしめにやったという考え方ができる。寅次郎、昨日は夕方まで家にいたようだが、間違いないと証せるか?」

「あたりめえだ。おりゃあずっと家にいたし、そばにゃ、お蔦がいたんだ」

寅次郎は即答した。

「お蔦というのは成田屋がいっとき囲っていた女だな」

ふんと、寅次郎は小鼻を鳴らした。

「お蔦は家にいるか?」

「さあ、昼過ぎまではいたが、いまはどうかな……」

伝次郎は寅次郎を短く眺め、それから他の三人を見てから腰をあげた。

「お楽しみのところを邪魔したな。だが、殺しの関わっていることだから悪く思うな」

伝次郎はそのまま表に出た。

一度飯屋を振り返って、肩に降りかかってくる雪を払い、お揚場に向かった。町屋の路地を抜けると、大川が目の前に見えた。

雪は川に落ちてすぐに解けていた。対岸にある本所の町屋が雪に烟《けむ》っている。寅次郎の住む金助店はすぐにわかった。そして長屋の路地を入って右側の二軒目が寅次郎の家だった。腰高障子越しに声をかけると、女の声が返ってきた。

「本所方の助をしているものだ。ちょいと聞きたいことがある」

そう声をかけると、心張棒《しんばり》を外す音がして、ついでがらりと戸が開けられた。小柄ながら肉置《しし》きのよい、ぱっちりした目の女があらわれた。

「なんでしょう？」

「お蔦だな。ついいましがた寅次郎に会ってきたが、昨日のことを聞きたい」

「昨日のこと……」

「寅次郎は昼間この家にいたという。出かけたのは夕方だった。そうかい？」

「へえ、そうです」

お蔦は二度まばたきをして答えた。

「たしかだな」

「へえ。それがどうかしましたか？」

「いや、それがわかればいいんだ。邪魔をした」

伝次郎は腰高障子を閉めて、長屋の表に顔を向け息を吐いた。息は白くなった。

四

小半刻後、成田屋の帳場裏で伝次郎は、主の六兵衛と向かいあっていた。

「それでどんなご用件でしょう？」

六兵衛は人の懐をのぞき込むような目で見てくる。垂れ眉の太鼓腹はいかにも商人らしい。

髪がうすいせいで髷に地肌がのぞいている。垂れ眉の太鼓腹はいかにも商人らし
いが、見るからに好色そうな顔をしていた。

「五市という小僧が不幸にあったばかりだから遠慮しようと思っていたんだが、さっき浅草の寅次郎に会ってきた」

伝次郎は小一郎の手先仕事をしていることを話してからそういった。

「ヘッ」

六兵衛は目をまるくする。

「お蔦にも会った。男好きのする女だ。あんたが囲ったというのもうなずける。それで、寅次郎に脅しをかけられているらしいが、正直に話してくれないか」

「いや、それは……」

「五市は殺されたんだ。可愛い奉公人だったのではないか。五市が殺されたのは、ひょっとするとあんたのせいかもしれないんだ」

「そんな馬鹿な。わたしが殺しに関わっているとでもおっしゃりたいのですか」

「そう思いたくないから聞いているのだ。どういう脅しをかけられていた？」

「それはつまり、お蔦を疵物にしたので弁償しろということです。早い話が、金を出せということで、百両だと吹っかけられています。しかし、とんでもない話です」

六兵衛は人の目と耳を気にするように、閉まっている障子を見てから言葉をついだ。

「お蔦には家を借りてやり、着物も買い与えて、そしてうまいものを食べに連れ歩いたんですが、それだけです。肝心なことは一切ないのです。それなのに、わたしに悪態をついて、借りた家を飛びだしたんです。そのあとで、寅次郎という与太者がやってきて……」

六兵衛は暑くもないのに額に浮かんだ汗をぬぐった。

「寅次郎のいい分は、お蔦は贅沢をさせてもらったが、ありがた迷惑だった。わたしがしつこいから断り切れなくて、しぶしぶ従っていただけだというのです。そんなことはありません。勝手すぎるいい分なのです。だから脅すなら好きに脅せばいいと、わたしも開きなおったのですが、二度も三度も同じことをいいに来ます。最後にはこのままでは無事にすまない、夜道に気をつけろとか、身内が不幸にあっても知らないとか、そんな怖いことをいわれました。でも、わたしは屈しません」

六兵衛はむんと口を引き結ぶ。

「それがいいだろう。それで五市の親が金を借りに来ていたらしいが……」

この問いに、六兵衛は深いため息をついて答えた。

「どうにもしようのない親です。倅の葬式も満足に出せないから、うちで面倒見ているんです。まあ、それはそれとして、あの親は博打にはまっておりましてね。五市を引き受けるときも、うすうす聞いてはいたのですが、あきれました」

「どうあきれたのだ」

「自分を脅しているやくざ者を引き合いに出して、わたしから金を借りようとするのです。一度も貸したことはありませんし、脅しを受けたこともありませんけれど」

六兵衛は茶を飲んでから言葉をついだ。

「説教をすれば素直に聞くんですが、意志の弱い人なんです。挙げ句、五市は……」

六兵衛はため息をついて、やりきれないというようにかぶりを振った。伝次郎はそれで話を打ち切り、

「取り込み中のところをすまなかった」

と、謝って成田屋を出た。

表はいつしか白一色になっていた。通りには人の足跡がいくつもあり、町屋の屋根には雪が積もりつづけていた。

伝次郎は北本所番場町の自身番に戻って、小一郎を待つことにした。

五

杉田道場の母屋の小さな奥座敷で、白石徳之助は手焙《てあぶ》りにあたりながら、悶々《もんもん》と時間をつぶしていた。森川貫太郎の帰りを待っているのである。

表はしんしんと雪が降っている。隙間風が入ってくるから、六畳一間の座敷はなかなか暖まらない。しかし、恩師である杉田甲兵衛の理解があればこそ、江戸で過ごすことができるので文句などいえない。

ひとりでいると長男・徳太郎のはち切れんばかりの笑顔が脳裏に浮かんでは消える。そのたびに、佐久間圭之介に対する憎悪が再燃する。

憎悪は圭之介の父・泉右衛門にもある。徳太郎に非はないのに、家老職という権力を使い、斬られて死んだ徳太郎を悪者扱いし、さらに不善の噂を流した。そのせいで、徳太郎ばかりか許嫁の正江まで不忠者と蔑視されるようになった。

誰もが真実をねじ曲げられたことを信じず、徳之助や正江の父・森川貫太郎まで悪人視された。

（こんなことが許せるわけがない）

徳之助は口をねじ曲げて、拳をにぎり締め、さっと立ちあがって障子を開けた。庭の南天《なんてん》の実をついばんでいた鵯が、驚いて飛び去った。

雪は降りつづいている。

ふと妻のことが脳裏に浮かんだ。

（いま頃どうしているだろうか？）

累が及ばないように、妻には国を去らせている。それは、森川貫太郎の身内もそうだった。おそらく二度と会うことはないだろう。

徳之助と貫太郎は本懐を遂げたら、切腹する覚悟である。

障子を閉めたとき、玄関の戸が開いて閉じられる音がした。耳をすますと、足音が近づいてきた。杉田甲兵衛のものではない、貫太郎が帰ってきたのだとわかった。

廊下に顔を向けたのと、障子が開くのは同時だった。

「どうであった？」

徳之助はまっさきに訊ねた。

うむ、とうなずいた貫太郎が、そばに来て座る。

「明後日、佐久間圭之介が来ることがわかった。供連れは家老の家来三人だ」

「たしかなのだな」

「伊三郎は嘘をつくような男ではない」

「すると、明後日の夜には……」

「うむ、それから伊三郎が家老の住まう町屋敷の図面を作ってくれた。これだ」

貫太郎は懐から一枚の図面を出した。

徳之助は身を乗りだしてその図面に目を凝らした。

「家人《けにん》は何人いるのだ？」

「使用人が二人、家老付きの家来が二人だ」

「貫太郎、考えがある」

「なんだ」

貫太郎が四角い顔を向けてくる。

雪降る道を急いで戻ってきたらしく、頬が赤くなっていた。

「圭之介が来る前に、家老の佐久間泉右衛門を討ったらどうだ」

「いや、それはまずい。先に家老をやってしまえば、圭之介への警固《けいご》が厳しくなる。いまは家老も圭之介も油断をしている。相手には隙がある。圭之介が江戸に来るのを待つのが利口だ」

「……そう思うか……」

「逸《はや》る気持ちはわかるが、ここまで辛抱してきたのだ。先生の厚意も受けている」

「うむ、そうか。しかし、持つべきは友であるな。伊三郎がいなければ、おれたちはもっと苦労しなければならなかったかもしれぬ」

徳之助が口にするのは高橋伊三郎という徒士のことだった。徳之助と貫太郎に深く同情し、久世家にあって唯一理解を示している家臣といってよかった。

「さようだ。伊三郎に迷惑をかけてはならぬから、今日を限りに近づくのはやめる。やつもわかってくれた。おぬしにもよろしくとのことであった」

そのとき、居間のほうから、

「森川、帰ってきたのだな」

という甲兵衛の声といっしょに足音が近づいてきた。

「ただいま帰ってまいりました」

貫太郎が返事をすると、すっと障子が開けられ、甲兵衛が入ってきた。

「大分積もってきた」

甲兵衛は袖についた雪を払って座った。

「人通りも絶えております」

貫太郎が応じると、甲兵衛は考えたことがあるといった。

「介添えをしようと思うのだ」

「いや、そんなことをされては、先生に迷惑が及びます」

徳之助は慌てて固辞《こじ》しようとしたが、甲兵衛はつづける。

「じつは朝のうちに、屋敷に顔を出したのだ。昔のよしみがあるので、茶飲み話をしてきたのだが、そこもとらの話が出てな」

「はて、わたしらの……」

貫太郎が身を乗りだすようにして聞く。

「そこもとらが出奔したことが、国許で騒がれているらしい。それに身内もいなくなった」

「累が及ばぬようにはからっているからです」

「それはよいことだが、じつはそこもとらのことを警戒して、江戸屋敷の家来たちがそこもとらを探しているのだ。よからぬ企てをしているはずだから返り討ちにするとな」

「わたしらを返り討ちに……馬鹿なッ。本末転倒ではありませんか。非のないものが殺され、挙げ句罪人扱いを受けてはたまりません」

「理不尽にもほどがあります」

徳之助は怒りに目を赤くした。

「まあ聞いてくれ。わたしも最後に一旗揚げようと、この屋敷を買い、道場の体裁も整えはしたが、考えてみれば年だ。老い先長くはない。それに、門弟がやってきたとしても、おそらく文弱《ぶんじやく》の徒《と》ばかりであろう。それではやり甲斐もないというものだ」

「しかし……」

「まあ待て」

甲兵衛は片手をあげ、徳之助を制してつづける。

「そこもとらの話を聞いて、わたしは悲憤慷慨《ひふんこうがい》した。こんな没義道《もぎどう》はないとな。老いぼれになっても、素志を貫くのがわたしの生き様。ついては、家老の佐久間殿といわず、卑劣なやり方を差し許している家中の士らの目を明けさせたいのだ」

「お気持ちは嬉しゅうございますが……」

徳之助の言葉をまたもや甲兵衛は遮った。

「江戸屋敷はそこもとらのことを警戒している。おそらく佐久間殿にも、倅の圭之介殿にも警固がつく。そして、佐久間殿の住まう町屋敷も警固されるだろう。一筋縄ではいかぬことになっておる。あくまでもわたしの介添えを断るなら、もうひとつ考えがある」

「なんでございましょう」

「人を雇うのだ。相手の警固が堅いなら二人では思いを果たせぬかもしれぬ」

「そんなことをおっしゃっても、引き受けてくれるものなどいません」

「いるかもしれぬ。伝次郎という船頭だ」

「なんですって……」

徳之助が驚けば、貫太郎は目をまるくした。

「その前に、わたしが見込んだとおりの腕があるかどうか、たしかめなければならぬがな」

甲兵衛はそういって飄然《ひょうぜん》と微笑んだ。

六

雪は弱くなったが、早くも日の暮れ時分の暗さになっていた。

北本所番場町で小一郎を待っている伝次郎は、店番に茶を淹れ替えてもらったところだった。

「雪が降りはじめてから、寒さが緩んだようですね」

店番は表を見ていう。自身番は常に戸を開けていなければならないから、寒風が吹き込んでくる。

「たしかに」

伝次郎は手をさすって茶に口をつけて表を見た。

人の通りはまばらである。小降りになったせいか、大川対岸の町屋が見えるようになった。真っ白だ。

痩せた野良犬がひょこひょこした足取りで、自身番の前を通り過ぎていった。岡っ引きの源八が、息を喘《あえ》がせながら自身番に飛び込んできたのは、それからすぐのことだった。

「は、旦那、いてくれてよかった」

伝次郎の顔を見るなり、そういってハアハアと息継ぎをする。

「どうした？」

「広瀬の旦那が呼んでいます。五市殺しの下手人にあたりがついたんです」

「ほんとうか。で、どこへ行けばいい」

伝次郎はすっくと立ちあがった。

「案内しやす。そんな遠くじゃありません」

源八は胴長短足の足を急がせながら、伝次郎にざっと説明をした。

「新五郎《しんごろう》という五市の親爺を探っていると、定八《さだはち》という男に賭場の借金の仲裁を頼んでいやがったんです。それで定八が間に入って、借金を半分にまとめたそうなんですが、新五郎は定八に礼金を払えず、今度は脅しをかけられたんです。どんなに脅されたって新五郎には払う金がない。いくら催促されても待ってくれというだけです。業《ごう》を煮やした定八から、てめえを殺すことなんざわけねえが、その前に盗みでも何でもして金を作ってこい、作れねえなら、おめえの倅と女房を、順番にあの世に送ってやるだけだといわれてんです」

「それで定八の居所は?」

「いま、やつの家を見張っているとこです」

源八はハアハアと荒い息をしながら先を急ぐ。

あとにつづく伝次郎は、五市殺しと為七殺しは同一犯ではなかったのかと思った。

(すると、為七を殺したのはいったい……)

胸中で疑問をつぶやいたとき、

「あのそば屋に広瀬の旦那がいます」

と、源八がいった。

そこは北本所表町にある小さなそば屋だった。

雪道に人の足跡がいくつも残っているが、もうあたりは暗くなりかけている。気の早い夜商いの店は、軒行灯をつけていた。

「こっちだ」

そば屋に入るなり、窓際の席にいた小一郎が声をかけてきた。

「話は聞きましたが、ほんとうに定八という男の仕業ですか？」

伝次郎は小一郎の隣に腰をおろして聞いた。そばには小者の八州吉と道役の善太郎の顔があった。伝次郎を入れて、総勢五人である。

「やったかどうか、それは捕まえてからの話だ。だが、新五郎から話を聞いたかぎり、定八の仕業と考えてもおかしくはない」

「定八はどんなやつです？」

「浅草の地廻りだ。なんでも賭場に顔が利く男らしい。人相風体を詳しく聞いてきたからまちがうことはねえだろうが、逃げられたらことだ。やつが長屋に戻ったら、まわりを囲んで押さえる」

「長屋は？」

「小間物屋の隣の路地を入ったところだ」

伝次郎は表を見た。

通りの反対側に間口二間の小間物屋があった。

「他にわかったことはありませんか？」

伝次郎が聞きたいのは為七の一件である。だが、小一郎は首を横に振った。

「おれは同じやつの仕業だと思っていたが、そうじゃなかったようだ」

「難しい判じ物になりましたね」

「まったくだ」

小一郎はくわえていた爪楊枝を、ぷっと土間に吐き捨てると、今度はいつもの癖で指の爪を嚙みはじめた。しかし、爪を嚙むのをすぐにやめ、表に向けていた目を光らせた。

「帰ってきた。やつだ」

伝次郎もそっちに目をやったが、

「や、あれは」

と、小さな驚きの声を漏らした。

「どうした？」

「寅次郎というやくざの仲間です。昼間会ったばかりです」

「寅次郎って、成田屋を脅してるやつか」

「さようです」

「けっ、そんなところでつながっていたのか。とにかく押さえよう」

小一郎は差料《さしりよう》を引き寄せて立ちあがった。それにつづいて、伝次郎たちは表に出た。すでに定八は長屋の路地に消えていた。

「長屋の裏に抜け道がある。八州吉と源八はそっちにまわれ」

小一郎の指図で、八州吉と源八が脇の路地に駆け込んでいった。

七

「よし、押さえる」

長屋の入り口に立った小一郎はそういうと、路地に足を進めた。奥の井戸端で洗い物をしていたおかみが立ちあがって、長屋に入ってきた小一郎たちを見て、歩きだそうとした足を止めた。

うすく雪に被われた路地には、家々のあかりが漏れている。子供をあやす亭主の声と、小言をいっている女房の声が聞こえた。

定八の家の戸の前で立ち止まった小一郎は、一度伝次郎を振り返ってうなずいた。

それからすぐに腰高障子を引き開けようとしたが、心張棒をかってあるらしく、戸はゴトッといっただけで開かなかった。

「定八、ちょいと開けてくれ」

小一郎は舌打ちして声をかけた。

「誰だい？」

「おれだ」

「おれって……どこのどいつだ？」

声が戸の向こうに近づいた。

心張棒を外す気配があり、それから戸が小さく開けられた。とたん、定八の目がギョッと見開かれ、バチンと戸が閉められた。

小一郎がその戸を引き開けたとき、定八は裏の勝手口から逃げるところだった。

「待て」

小一郎はそのまま定八を追いかけたが、伝次郎はとっさの判断で長屋の表に引き返した。

待つほどもなく定八が表通りにあらわれた。

伝次郎が逃げ道を塞ぐように立つと、定八は懐から匕首を抜きだして、

「どきやがれッ！」

と、怒鳴りながら駆けてくる。

定八は刃物に怯《ひる》むと思ったらしいが、伝次郎は動かなかった。

「どかねえか！」

定八が歯を剝きだしにして吠えた。その背後に小一郎の姿があった。

「伝次郎、逃がすな」

小一郎がいうのと、定八が匕首で突きかかってくるのは同時だった。

伝次郎は半身をひねってかわすと、定八の片腕をつかみ取り、そのまま雪道に投げつけた。すかさず、匕首を払い落とし、腕を背中にひねりあげて取り押さえた。

「源八、縄を打て」

小一郎の指図で、伝次郎に押さえられている定八に縄を打った。

「な、なんでこんなことしやがる」

定八は抗《あらが》いながら、小一郎をにらんだ。

「てめえの胸に聞きゃわかることだろう。何もやましいことがなきゃ逃げねえだろ

う」

小一郎は冷え冷えとした目でいった。

「さあ、立つんだ」

伝次郎は定八を引き起こして、どこに連れて行くかと小一郎に聞いた。

「番場町の番屋でいいだろう」

そのまま定八は北本所番場町の自身番で、小一郎の訊問を受けた。

「おれの顔を見たとたん、泡食って逃げやがって。てめえ、何をした？」

「何もしちゃいませんよ。なんでこんなことになるんです？」

「それはこっちが聞きてえことだ。てめえ、成田屋の五市を知っているな」

「新五郎の倅でしょう。そりゃ知ってますよ」

「五市は殺された」

「らしいですね」

「てめえがやったんじゃねえか」

「ちょ、ちょっと冗談じゃねえですよ。なんで、おれがあんな小僧を……」

定八は目をキョロキョロさせる。

土間には伝次郎以下、八州吉、源八、善太郎が控えて訊問を受ける定八を見ている。居間には詰めている書役と店番と番人がいる。

「おめえは五市の親・新五郎から相談を受けた。賭場の借金をどうにかしてくれとな。それでおめえは賭場主と掛け合い、新五郎の借金を半分にしたが、相談を持ちかけた新五郎は礼金を払わない。それに腹を立てて新五郎を脅した。まあ、その気持ちはわからなくもねえが、礼金を払わない新五郎に業《ごう》を煮やし、身内に不幸があったらどうすると脅している。そうだな」

「ま、そんなことをいったかもしれませんが、覚えちゃいませんよ」

「それで、おめえは見せしめに五市を殺した」

定八は目をみはって、口をぽかんと開けたかと思うと、

「じょ、冗談じゃありませんぜ。おれはやっちゃいませんよ。たしかに頭に来て新五郎を脅しましたが、殺しなんてやるわけねえでしょう」

と、慌てたように早口でまくし立てた。

「やってねえという証しを立てられるか？」

「そ、それは……」

「なんだ」

小一郎は無表情に定八を眺める。

土間にいる伝次郎は、定八の表情をじっと観察していた。

「おれは……浅草にいましたよ。五市が殺された頃」

「おい定八、てめえなぜ五市が殺された刻限を知っている？」

定八は伝次郎に顔を向けた。

「そりゃ、この旦那から聞いたんです」

小一郎は伝次郎を見た。

伝次郎はうなずいた。

「いや、ほんとに殺されたんだと思って……」

「それにしてもおかしな野郎だ。おれの面を見たとたん逃げたんだからな」

小一郎はつぶやくようにいって、ずるっと茶を飲んでから言葉をついだ。

「いずれにしろ。てめえには殺しの疑いがある。もし、おめえが下手人でなくても、おめえは脅しの咎《とが》で牢送りだ」

「そんな……」

「おれの匙《さじ》加減次第だが、てめえは獄門《ごくもん》になってもおかしくはねえ」

「…………」

定八はギョッと目をみはり言葉を失っている。顔色が青くなった。

「ほんとだぜ。てめえがやったことは恐喝だ。物をせびり取っていなくても、獄門になるのは御定書《おさだめがき》にも書かれている」

「おれは殺しなんかやっちゃいませんよ。それに新五郎を脅したのには、それなりの理由があるからじゃないですか。旦那、わかってくだせえよ」

定八は泣きを入れてきた。

「もし、おめえが五市殺しの下手人を知っているなら、こそっと教えてくれねえか。そうしたら、おめえはこのまま大手を振ってここから出て行っていい」

小一郎は取り引きに出た。

定八の目が泳ぐ。動揺しながらもあきらかに迷っている顔つきだ。

（落ちる）

伝次郎はそう直感した。

「目こぼしをするといってんだ。知ってることがあるなら、いうのはいまだ。だんまりを決め込むんだったら、牢送りで、行き先は仕置場《しおきば》(刑場)だ。どっちが得か考えるまでもねえだろう」

「あの、五市殺しの得物《えもの》は?」

定八は声をふるわせていった。

小一郎は善太郎を振り返り、宇七が拾った得物はあるかと聞いた。

「あります」

と、答えたのは書役だった。すぐに店番が半紙で包まれた匕首を差しだした。定八はそれをまじまじと眺めて、唇を小さくふるわせた。

「こ、これは……寅のもんだ」

伝次郎はそれを聞いたとたん、キラッと目を光らせた。

第四章　江戸入り

一

「嘘じゃねえです。この目で見たんです」

そういうのは、乙吉《おときち》という寅次郎の子分だった。

狐顔に鳥肌を立て、おどおどしている。

「それで定八はどうなった？」

「番屋にしょっ引かれました。そのあとどうなったかわかりませんが……」

寅次郎は唇を舌先でなめて、顎をさすった。

「あんた、定八さんはああいう男だけど、さほど口は堅くないよ。用心したほうがいいんじゃないのかい」

そばにいたお蔦が、鈴を張ったような目で見てきた。

「くそッ。なんで定八が……」

「定八さんは新五郎を脅していました。だから、五市殺しのことで町方が調べたんじゃないですかね」

乙吉がいう。

「あんた、町方はここに来るかもしれないよ。あんたは成田屋を脅してもいるんだ。昼間町方の手先が来たばっかりだからね」

お蔦は気が気でないようだ。

火鉢にかけている鉄瓶から、しゅうしゅうと湯気が出ている。

「伝次郎とかって野郎が来たときから、いやな胸騒ぎがしたんだ。乙吉、本多《ほんだ》さんはいまどこにいる？」

「この時分ですから、いつもの店にしけ込んでんじゃないでしょうか」

それを聞いたとたん、寅次郎はすっくと立ちあがった。そのまま長脇差《ながどす》をつかみ取ると、

「お蔦、おめえはどっかよそに行ってな。おれがいいっていうまで、ここに戻ってくるんじゃねえ」

というなり三和土に下りた。

「あんた、どうすんのさ？」

「用心するだけだ。だが、定八がしゃべっちまっていたらまずいことになる」

「あたしは楓《かえで》姉さんの家に行っています」

「そうしろ。乙吉、行くぜ」

寅次郎はそのまま乙吉を連れて浅草材木町の家を出た。行くのは本多伊織《いおり》がいるかもしれない、中之郷瓦町にある「満作《まんさく》」という小料理屋だ。

「寅さん、楓姉さんというのは誰です？」

「お蔦の姉貴分だ。馬道《うまみち》の店でいっしょにはたらいていた女だ。そんなこたァどうでもいい。急ぐぜ」

寅次郎は足を速めた。

いっとき雪はやんでいたが、またちらちらと粉雪が舞っていた。

吾妻橋を駆けるように急ぐ。蓑笠を着込んだ二人の侍とすれちがっただけで、他の人間と会うことはなかった。

橋をわたり切ると左に折れて、中之郷瓦町の満作の戸を引き開けた。

酒を飲んでいた四人の客が、寅次郎を一斉に見てきた。店の隅に本多伊織がいた。盃を持ったまま、どうしたと聞いてくる。

「ちょいと表で話をしましょう。面倒なことになりそうなんです」

寅次郎は伊織に耳打ちした。

「きさまはいつも面倒なことしか持ってこない。まったくの疫病神《やくびょうがみ》だ」

「とにかく話を」

寅次郎が急《せ》かすようにいうと、伊織は「ああ、わかった」と、面倒くさそうに腰をあげた。

「なに、定八が捕まっただと」

表に出て話を聞いた伊織は、眉を吊りあげた。

「やつは五市殺しを知ってます。それをおれが指図したことも」

「それはおれの知るところではない」

「だけど、本多さんもからんでいるんですぜ。何も知らないわけじゃないでしょう。

まあ、止めはされましたが……新五郎を締めあげるにゃ、本人を苦しめるより見せしめのために、身内の人間を……」

「黙れッ。おれは殺せとはいわなかった。痛めつければいいといっただけだ」

「同じことじゃねえですか」

寅次郎は伊織を見つめる。

伊織は少し考えるようにうすい眉を動かし、出っ歯を見せて尖った顎をなでた。

「おれは関わりがない。そうであろう」

「いや、ありますぜ」

寅次郎は伊織を凝視してつづけた。

「五市の一件がわかっちまえば、他のこともわかっちまうってことです」

「どういうことだ……」

「みなまでいわなくても、わかるでしょうに。のんきに酒飲んでる場合じゃありませんぜ。町方はおれを探しまわってるかもしれねえんです」

「それじゃ、おまえは逃げるんだ。そのほうが利口だろう」

「ま、そういうやり方もありますが、どこへ逃げればいいってんです」

「江戸を離れればすむことだ」

伊織のいうことはもっともだ。寅次郎はそうしようかと考え、心細そうな顔で隣に立っている乙吉を見た。

「乙吉、おめえはどう思う」

「どうって、逃げたほうがいいと思います」

寅次郎はまた考えた。

ちらつく雪が、軒行灯のあかりを受けていた。

「本多さん、町方がおれたちを探してると決めつけるのは早いかもしれません。定八が何もしゃべってなきゃ、何も心配することはないんです。今夜一晩様子を見ましょうか」

「おまえがそうするというなら、それでいいだろう。じゃあ飲むか」

伊織は店のほうに顎をしゃくった。

「いいでしょう」

寅次郎は乙吉を見てから答え、伊織といっしょに店に戻った。

「いない」

伝次郎は小一郎たちを振り返った。

浅草材木町の寅次郎の長屋だった。

二

「源八、八州吉、寅次郎のことを聞いてこい」

小一郎に指図された二人が、同じ長屋の住人に聞き込みにまわった。伝次郎は小一郎らと表に出て、通りに注意の目を光らせる。

町は雪のせいもあってか、閑散としていた。提灯《ちょうちん》をさげた男と女が寄り添うように歩きながら、花川戸《はなかわど》のほうへ歩き去った。寅次郎の姿は見えない。

「ひょっとすると……」

伝次郎はつぶやいて小一郎を見た。

「なんだ？」

「昼間、寅次郎がいた店があります」

小一郎はすぐに行こうといった。善太郎をその場に待たせて、伝次郎と小一郎は浅草茶屋町の飯屋を訪ねた。

小一郎はひと目で町方だとわかるので、店の女が顔をこわばらせた。

「昼間、この店に寅次郎がいたな」

聞くのは伝次郎である。

「へえ」

「やつの行きそうな場所を知らないか？」

「さあ、それは……」

女は救いを求めるように奥の板場を見た。気づいた亭主がやってきて、なんでございましょうと揉み手をする。

「寅次郎を探しているんだが、心あたりはないか」

小一郎の問いに亭主は少し視線を泳がせてから、近頃は川向こうにある店に出入りしているようだと答えた。川向こうとは本所のことだ。

「なんという店かわかるか？」

「店の名はわかりませんが、中之郷瓦町にある料理屋のようです。そんなことをちらりと耳にしたことがあります」

小一郎はさっと伝次郎を振り返った。

「料理屋なら数は多くない」

伝次郎もそう思った。片端からあたっていけば、寅次郎を見つけられるかもしれない。

表に出ると、源八が駆けてきた。

「旦那、寅次郎と情婦のお蔦は半刻ほど前に家を出ていったそうです。行き先はわかりません」

「大方見当はついた。来い」

小一郎はいうなり足早に歩きはじめた。

あとに従う伝次郎に、源八が声をかけてくる。

「長屋を出て行ったのは、寅次郎とお蔦だけじゃなかったといいます。もうひとり男がいたようです」

「寅次郎の仲間だろう」

伝次郎は応じて本所に目を向けた。

雪は小降りなので、本所の町屋に蛍のような赤いあかりが点々と見える。居酒屋や料理屋の行灯だ。

一行は急いで吾妻橋をわたった。

中之郷瓦町の通りに来ると、一行は足を止めた。夜商いの店は多くない。軒行灯や看板行灯のあかりがところどころにあるだけだ。その通りの北側に、もう一本、源森川と並行する通りがある。

「伝次郎、おぬしと源八は裏の通りを頼む。源八、見つけたら知らせに来るんだ」

小一郎の指図を受けた伝次郎は、源八を連れて北側の通りに向かった。すぐそばに杉田道場があったが、表戸は閉まっていて、母屋のほうもひっそりしていた。

通りには縄暖簾や小料理屋が数軒あるだけだ。伝次郎は手前の店からあたっていった。

一軒目と二軒目には寅次郎はいなかった。三軒目は柳の木が軒先にあり、雪をつけた枝葉が大きく垂れ下がっている。

看板に「満作」という文字。腰高障子にも同じ店名が記されていた。

伝次郎が古びた暖簾をめくって戸を開けた瞬間、店の奥にいた寅次郎と目があった。

盃を宙に浮かし、「あッ」と驚きの声を漏らした。伝次郎は背後にいる源八の腕をたたいた。意思が通じ、源八は小一郎に知らせるために、その場を離れた。

伝次郎はそのまま店の奥に進んだ。客は寅次郎の他に三組いたが、伝次郎をちらりと見ただけで気にも留めず、自分たちのおしゃべりに戻った。

「なんだ、またあんたか?」

寅次郎が声をかけてきた。

隣には浪人らしき男がひとりいる。そして、もうひとり。これは昼間、寅次郎といっしょにいた狐顔の男だ。

「ちょいと大事な話がある。表に出てくれねえか」

「話ならここで聞くぜ。親爺、酒を……」

寅次郎は板場に声をかけた。

「酒はいらねえ」

伝次郎はそばにいる浪人と狐顔の男を一瞥《いちべつ》し、身を乗りだした。

「話はすぐにすむ。表へ。いやだというなら首根っこつかまえてでも連れ出す。来い」

「おい、なんの真似だ。いきなりやって来てずいぶん荒っぽいことをいうやつだ。無礼であろう」

浪人が肩を怒らせ、双眸《そうぼう》を光らせた。

「なんの話かわからねえが、いいだろう」

寅次郎はそういって腰をあげた。

隣にいた狐顔が、「寅さん」といって袖を引いたが、

「乙吉、気にするこたァねえ。話はすぐつけるさ」

寅次郎は不敵な笑みを浮かべて、伝次郎に行けと表に顎をしゃくった。

先に店の表に出た伝次郎は、一度通りを眺めて、すぐに振り返った。

「なんの話があるってん……」

寅次郎は声を途切らせた。

伝次郎が腕をつかむなり、後ろ手にひねりあげたからだ。

「何しやがんだ、この野郎！」

寅次郎が喚《わめ》いた。

「きさまには五市殺しの疑いがかかっている。おとなしくついてこい」

「放しやがれッ！」

再び寅次郎が喚いたとき、ガラリと店の戸が開き、さっきの浪人と乙吉が出てきた。

「本多さん、助けてください。この野郎、わけのわからねえことをぬかして、おれをしょっ引こうとしてんです」

「おい、寅を放せ」

本多と呼ばれた浪人は、いきなり刀を抜いた。

伝次郎は寅次郎を放さず下がったが、本多はかまわず斬り込んできた。伝次郎は無腰である。

斬られてはたまらないので、寅次郎を突き飛ばして放した。

「本多さん、この野郎は町方の腰巾着です。遠慮なんかいりませんよ」

「いわれずとも」

本多がずいずいと間合いを詰めてくる。

「とりゃッ」

気合い一閃、刀が袈裟懸けに振られた。

伝次郎は半身をひねってかわしたが、商家の板壁に背中をぶつけた。本多が青眼《せいがん》に構えて近づいてくる。

「無礼打ちだ」

本多は口の端に冷笑を浮かべて刀を上段にあげた。伝次郎は板壁沿いに右に動き、天水桶の上に積んである手桶をつかんだ。

そのとき声があった。

三

「やめねえかッ！」

そばの路地から飛びだしてきた小一郎が、制止の声を発するなり刀を抜いて、本多に突進したのだ。

本多に一瞬の怯みが出た瞬間、伝次郎は手にした手桶を投げた。

手桶は本多の後ろ首にあたって、雪道に落ちた。そこへ、小一郎が斬りかかっていった。

ガツン――。

刃と刃が打ち合わされ火花が散った。本多は間一髪のところで、小一郎の一撃をはじいたのだ。

両者は間合い二間で向かいあった。

「伝次郎、寅次郎は？」

小一郎にいわれた伝次郎は、ハッとまわりを見た。

いつの間にか寅次郎の姿が消えていた。

「広瀬さん、そやつのことはまかせました」

伝次郎はいうなり店に飛び込んだ。

店の女が呆然とした顔で、裏の勝手口を指さした。

伝次郎は店と客の迷惑も顧みず、そっちに駆けて裏道に飛びだした。左右を見ると、乙吉と逃げている寅次郎の背中が見えた。

伝次郎は猛然と駆けだした。寅次郎が振り返って伝次郎に気づいた。そのまま横の路地に姿を消す。

伝次郎は雪を蹴立てて走り、寅次郎と乙吉の消えた路地に入った。二人はその路地を抜けて表道に出ていた。距離は詰まっている。

伝次郎が表道に飛びだしたとき、足を滑らせて転んだらしい寅次郎を乙吉が引き起こしているところだった。

「待て、待つんだ寅次郎」

伝次郎が声をかけると、寅次郎は逃げられぬと観念したのか、懐から匕首を抜いて身がまえた。

伝次郎は恐れずに近づいて行く。吐く息が白く、息があがっていたが、寅次郎の肩はそれ以上に激しく動いていた。

「逃げられやしねえ」

伝次郎はまた近づいた。

瞬間、寅次郎が匕首を振りまわして斬りかかってきた。

伝次郎は体を右に倒しながら、足払いをかけた。

寅次郎の体が一瞬宙に浮き、それから尻餅をつく恰好で地に落ちた。だが、すぐに立ちあがって身がまえる。ゼエゼエと荒い息をしている。そばにある店の軒行灯のあかりを受けた目が、赤く血走っていた。

伝次郎が間合いを詰めると、寅次郎は顔を斬りに来た。伝次郎は半身をひねってかわす。そこへ乙吉が、横から匕首で突きにきた。ハッとしてかわし、腕を蹴り上げた。

「あッ……」

乙吉は匕首を落として下がった。

すぐさま寅次郎が斬りかかってくる。伝次郎は半尺（約十五センチ）上体をそらし、そのまま背後にまわり込むと、寅次郎の後ろ襟をつかんで引き倒した。

「野郎ッ」

寅次郎は立ちあがろうとしたが、伝次郎に顎を蹴られ、血を雪道に散らして仰向けに倒れた。伝次郎はすぐさま、匕首を持っている腕を踏みにじった。

「い、痛エ！」

寅次郎は悲鳴をあげて匕首を落とした。

と、同時に伝次郎は鳩尾《みぞおち》に鉄拳をめり込ませた。

「うッ……」

寅次郎はそのまま気を失ってぐったりと倒れた。

伝次郎はそれにはかまわず、乙吉を見たが、駆けつけてきた源八に十手で打ちたたかれて、両足を投げだして座り込んだ。

源八はそのまま手際よく早縄をかけて、乙吉を押さえた。

「広瀬さんは？」

伝次郎が息を喘《あえ》がせながら聞くと、源八は西のほうに顔を向けた。そっちにいくつかの影があり、小一郎の細身の姿が見えた。

伝次郎はふっと息を吐きだすと、寅次郎に気を入れて目を覚まさせ、そのまましっかり腕をキメて小一郎たちのところに戻った。

本多という浪人は、すでに取り押さえられ、後ろ手に縛られていた。

寅次郎、浪人の本多伊織、乙吉の調べは、夜も遅いので翌朝にまわすことになり、そのまま亀沢町の御用屋敷に留め置かれることになった。

「伝次郎、ご苦労だった。これで大方のことはわかるはずだ」

御用屋敷の表で小一郎が振り返っていった。

為七のことが残っているが、伝次郎は何もいわなかった。

「明日の朝、来るか？」

小一郎が冷たくなった手をさすって聞く。

「調べは気になりますから」

「わかった。調べは朝からはじめる。今夜はゆっくり休むんだ」

「広瀬さんも」

小一郎はうむとうなずくと、そのまま御用屋敷の玄関に消えた。

伝次郎は雪のちらつく空を見あげて、大きく呼吸した。息は白い筒となった。それから、襟をかき合わせて、御用屋敷に背を向け、胸中でつぶやいた。

(長い一日だった)

四

六つ(午前六時)の鐘が聞こえてから、千草が起きだしてきた。外はまだ暗く、日の出まで少し間があった。

「寝てていいのだぞ。気にするな」

先に起きて火鉢に火を入れたばかりの伝次郎は千草を気遣った。

「いいえ、わたしも目が覚めましたから。でも、早いですわね」

「ぐっすり寝たからな」

昨夜家に帰るなり、伝次郎は泥のように眠った。そのせいで千草が帰ってきたことにも気づかなかった。

「ひょっとして早くお出になるの？」

千草が着衣を整えながら顔を向けてくる。

化粧気のない顔が行灯のあかりに白い。

「いや、まだ出かけはしない。昨夜、成田屋の小僧殺しの嫌疑人を捕まえた」

台所に立った千草が振り返った。

「広瀬さんの吟味は今日だ。ひょっとすると、為七殺しにも関わっているかもしれねえ」

「ほんとに」

千草は長い睫毛《まつげ》を動かした。

「吟味の行方はわからないが、おれは殺された場所が近いのが気にかかる。もしやということもある。だが、下手人はまったくくちがうかもしれねえ」

「昨夜、おけいさんが店に見えたんです」

伝次郎は五徳の上の鉄瓶を整えながら千草を見た。

「はたらき口が見つかったそうです」

「ほう、それはよかった。それでどこに？」

「政五郎《まさごろう》さんの船宿です。為さんが亡くなったことを知って、面倒を見てくれるといってくださったんです」

「そうか、政五郎さんが……」

伝次郎はそれはよかったと、心の底から思った。

政五郎は「川政《かわまさ》」という船宿の主で、伝次郎と気心の知れた仲である。お互いに信頼しあってもいるし、深川に来て以来世話をしてくれた人でもある。俠気《おとこぎ》があって、面倒見のいい男だ。

「下ばたらきの女中らしいですけど、友吉も奉公に出るので、女ひとりの暮らしには不自由しないはずです。わたしもそれを知ってホッとしました。正直なところ、わたしの店を手伝ってもらおうかと考えていたんです。でも、うちの店じゃ満足な給金を払えないんで、悩んでいたんですよ」

「川政に決まってよかったではないか」

「はい」

にっこり微笑んだ千草は、朝餉《あさげ》の支度にかかった。

伝次郎は煙管をくゆらせて暇をつぶした。

表から鳥のさえずりが聞こえてきて、戸の隙間から朝の光が射し込んできた。長屋の路地にも人の声がするようになった。

千草は膳部《ぜんぶ》に豆腐の味噌汁、鰤《ぶり》の煮付け、香の物を調《ととの》えた。

「鰤か……」

「店の残り物です。申しわけないですけど」

「そんなことはない、ありがたいことだ」

伝次郎は鰤に箸をのばして早速口に入れた。味がよく染みこんでいてうまかった。それでいて、鰤の身にはそのままの味覚が残っていた。

味噌汁も濃くもなくうすくもない、伝次郎好みになっている。湯気の立つ味噌汁をすすると、体が暖まった。

「今日は天気がよいですわ」

千草が戸口を開けて、振り返った。

「いいことがあるかもしれません」

と、付け足す。

「そうなることを願うばかりだ」

朝餉を終えた伝次郎が自宅長屋を出たのは、すっかり日が昇った五つ（午前八時）前だった。六間堀から立ち昇っていた蒸気がうすれて、川面があかるい日射しにきらめいていた。昨日の雪は解けはじめて、通りを泥濘《ぬかる》ませている。

伝次郎はその朝も、船頭のなりではなかった。着流しである。それに羽織を着込んでいた。帯には大小。刀を持ったのは、昨日のようなことがあるのを警戒してのことだ。

もちろん舟を操るときは、刀は差さない。棹を川底に突き立て、六間堀を進む。町のあちこちが雪で斑《まだら》になっている。

通りを歩く人のほとんどが、はねを嫌って裾をからげていた。

そんな町は一見平穏である。だが、その裏で殺しや盗み、騙しなどの被害にあい、悔し涙を流している人がいるのも事実だった。

竪川に出ると、二ツ目之橋のたもとに猪牙舟をつけ、そのまま河岸道にあがって御用屋敷を訪ねた。

小者の八州吉が応対に出てきて、ふっくらした饅頭顔に笑みを浮かべた。

「どうした？」

と、聞くと、

「旦那、やつら罪のなすりあいをして何もかも白状しました」

といった。

「まことに……」

「へえ、為七殺しもやつらの仕業でした」

「ほんとうか」

伝次郎は目を輝かせた。

「広瀬の旦那がいま、口書《くちが》きを取らせているところです。話は広瀬の旦那のほうから聞いてください」

いわれずともそのつもりだ。

小一郎に会ったのはそれからすぐのことだった。

取り調べを終えた小一郎は疲れた顔をしていたが、安堵の色があった。

向かいあって座ったのは、仮牢の脇にある小部屋だった。寒いので、二人は小さな手焙りにあたった。

「調べは今朝でもよかったんだが、昨夜締めあげたら乙吉の野郎が音をあげてな。それからぺらぺらとしゃべりやがった。為七を殺したのは寅次郎だった。五市殺しは乙吉で、指図をしたのは寅次郎だ」

「なんでやつらは為七を……」

「運が悪かったというしかないが、為七は寅次郎と本多伊織の立ち話を聞いちまったようだ」

それはこういうことだった。

為七は杉田道場を出たあと、中之郷元町の茶屋で一服つけていた。仕事に疲れていたので、少し休んで帰るつもりだったのかもしれない。

その茶屋の脇で寅次郎と本多伊織が話し込んでいた。それは、五市の父親・新五郎をどうするかということだった。

「寅次郎の手下・定八は新五郎から、賭場の借金のことで相談を受けた。だが、賭場の貸元と話し合うには、定八ひとりでは心許なかったので、寅次郎に話を持ちかけた。すると寅次郎は、かねてより付き合いのある本多伊織を、話し合いの場に連れていった。まあ、すんなり話はすまなかったようだが、なんとか新五郎の借金を半分にすることで落ち着いた」

ところが、新五郎は寅次郎にわたす礼金をいつになっても持ってこない。その使いをしたのが定八だったのだが、いくら催促しても新五郎はのらりくらりといいわけをするばかりで、どうにもならない。

短気を起こして新五郎を殺すのはわけないが、それではただの罪人になるし、貸元と話をつけたことがまったくの無駄になる。

「そこで、本多伊織と寅次郎は、新五郎に新たな借金をさせて、金をふんだくることを考えた。だが、新五郎に金を貸してくれる金貸しがなかなかいない。そうこうするうちに、日はどんどん過ぎていく。本多伊織の懐はどんどん寂しくなっていく。だから、本多伊織は散々寅次郎を責めた。新五郎が金をこさえられなければ、おまえがこさえてこいということになった。困った寅次郎は、なんとかするからもう少し待ってくれと平謝りをし、新五郎に金を作らせたら、なぶり殺しにして大川に沈めてやると物騒《ぶっそう》なことも口にした」

そんな話を為七が聞いたかどうかはわからなかった。

しかし、そばの茶屋から出てきた為七が、立ち話をしている二人を眺めて立ち去った。

「寅次郎と本多伊織は話を聞かれてしまったと思った。それに二人は顔を見られた。どうにかしなければならないと思った寅次郎は、為七をこっそり尾けた」

「それじゃ、寅次郎はずっと為七を尾けていたんですか」

「そのようだ。表町のたぬき屋という店の表でずっと見張り、店から出てきたらそのままあとを追い、人目のないことをたしかめてぶすりだ」

伝次郎はふうっとため息をついた。

おそらく為七は本多伊織と寅次郎の立ち話を聞いたのだろう。

しかし、すべてを聞いたわけではなかった。おそらく、本多伊織が金に窮していると、口にしたことが耳についただけだろう。

そうでなければ、為七はたぬき屋の長兵衛に、人殺しの相談を聞いたといっただろう。だが、為七が長兵衛に話したのは、

——お武家にもいろいろ厄介ごとがあるんだ、おれにはわからねえことだが、町人も侍も同じだ。

である。

「要するに為七は、寅次郎に思いちがいをされて殺されたというわけだ。なんの罪もねえのに……」

小一郎は憤った顔で茶に口をつけた。

「それで五市は、なぜ殺されなければならなかったんです？」

伝次郎は小一郎をまっすぐ見る。

「それは五市が為七の死体を見つけたからだ。寅次郎は、そのことをしばらく知らなかった。ところが、為七を殺して三日後に、そのことを知った。ひょっとすると、自分が見られたのではないかと、寅次郎は恐れた。それで五市に会って話を聞いた。五市はおどおどした顔で何も見なかった、知らないといったらしいが、寅次郎は信じなかった。そこで、自分の匕首を乙吉にわたして、五市を殺すように指図した」

「なぜ、自分でやらなかったんです？」

「寅次郎は為七を殺したばかりなので、もう一度同じことをしたくなかったらしい。

要は自分の手を汚すのがいやだったんだろう。だが、それが徒《あだ》になった。乙吉が五市を刺した匕首をその場に残したからだ。そして、仲間の定八がその匕首を見て、寅次郎のだといった。悪いことはできねえってことだ」

「そういうことでしたか……」

真相はわかったが、伝次郎はむなしかった。

「これからやつらを大番屋に連れて行って、もう一度調べをする。もっと詳しい話が聞けるだろうが、おぬしはどうする?」

「この先は広瀬さんの持ち分です。わたしの出る幕ではないでしょう」

「うむ。だが伝次郎、おぬしがいて助かった。礼をいう」

「こちらこそ」

伝次郎は殊勝に頭を下げた。

それからしばらくして、昨日捕まった三人は二艘の舟に乗せられ、南茅場町《みなみかやばちょう》の大番屋に連れて行かれた。

伝次郎はその舟を見送ってから、自分の猪牙舟に乗り込んだ。おけいと友吉に、為七殺しの下手人が捕まったことを報告しなければならない。

五

「あら、早かったですわね。どうなりました？」

伝次郎が自宅長屋に戻ると、居間の掃除をしていた千草が顔を向けてきた。

「為七殺しの下手人がわかった。調べもあらかたすんで、大番屋に連れて行かれたところだ」

「まあ、捕まったんですね」

伝次郎は小一郎から聞いたことをかいつまんで話した。

「それじゃ為さんは、思いちがいをされて……なんていうことかしら……」

可哀相、可哀相すぎると、千草はつぶやきを漏らして目に涙をためた。

「だが、これで為七も安心して成仏できるだろう。そう思うしかない」

伝次郎は着替えにかかった。

「仕事に……」

「ああ、休んでばかりもいられん。その前におけいと友吉に話をしてくる」

「そうしてください」

伝次郎は着流しからいつもの船頭のなりに着替えた。股引に腹掛け半纏、冬場は寒いので河岸半纏は綿入れである。それに襟巻きをする。それで冷たい川風が防げるわけではないが、しないよりはましだった。それに頬被りもする。

支度を整えた伝次郎は、そのまま出かけた。気は重いが、為七の身内には知らせてやるべきだった。

おけいと友吉は家にいた。訪ねてきた伝次郎に、なにかあったのですねと、おけいが口を開いた。

「ちょっとあがっていいか」

伝次郎が居間でおけいと向かいあうと、友吉もそばにやってきた。

伝次郎は小一郎から聞いたことを詳しく話した。二人とも最後まで静かに耳を傾けていた。

「何といっていいかわからねえが、下手人がわかったのはよかったはずだ」

「はい」

話を聞き終えたおけいは、膝の上に置いた手をにぎり締めてしばらくうつむいた。

それから伝次郎に顔を向けて、ありがとうございましたと頭を下げた。

「礼なんかいらねえ。為七のためだ」

「ありがとうございます」

おけいは再度礼をいうとさっと体を動かして、仏壇の前に行って座った。そこには為七の位牌があった。

おけいはお鈴《りん》を鳴らし、手を合わせた。

「あんた、あんたは知っていたんだろうけど、下手人が捕まったんだってさ。悔しいだろうけど、これであんたも成仏できるね。あんた、あとはしっかりやるよ。友吉のことは、あたしがなんとかして立派に育てるからね。あんた……」

おけいは肩をふるわせて、そのまま嗚咽を漏らした。

「それじゃ、おれはこれでお邪魔する」

伝次郎はおけいの背中に声をかけて立ちあがった。友吉が口を引き結んで、伝次郎に頭を下げた。

長屋の表に出たときだった。

「おじさん、伝次郎さん」

といって、友吉が追いかけてきた。

「伝次郎さん」

友吉は涙をためた目でまっすぐ見てきた。草履も履かずに裸足で追いかけてきていた。

「うん、なんだ」

「伝次郎さん、ありがとうございます。おいら少し……」

「うん……」

「下手人が捕まって、少しホッとした」

友吉はそういうなり、両目から涙をあふれさせた。

伝次郎も目頭を熱くした。悲しみと悔しさを、ずっと溜め込んでいた友吉のことがよくわかった。そばに近づくと、友吉の肩に両手を置いてしゃがみ、

「友吉、来年から奉公に出るんだな」

と、やさしく声をかけた。

「うん」

「しっかりやるんだぜ。一人前になったら、おとっつぁんの分もおっかさんに孝行

してやるんだぜ」

「うん」

「困ったことがあったら、いつでもいいからおじさんのところへ来な」

「……わかった」

「友吉、裸足じゃねえか。風邪引くといけねえから帰るんだ。おまえもおとっつぁんに拝まなくちゃやならねえだろう」

「わかってる」

「それじゃまたな」

伝次郎は友吉の肩をポンとたたいて立ちあがった。そのまま背を向けて歩き出したが、なぜか目に涙がにじんだ。

（くそッ）

胸中でつぶやくと、手の甲で目頭を押さえた。

六

久世家の国許、関宿城下の境河岸から出た六斎船は、江戸川を下り、未明に行徳に到着した。

佐久間圭之介と警固の侍三人は、そこで朝餉を取ると、行徳船に乗り換えて新川、小名木川を経由して江戸小網町の行徳河岸に到着した。

岸壁の桟橋に横付けされた船から二十人ほどの客が下りると、つづいて荷物がおろされ、河岸人足と問屋の連中が手際よく作業をはじめた。

だが、白石徳之助の目は河岸道にあがったひとりの若者に注がれていた。若者は佐久間圭之介である。三人の供侍を従えている。

徳之助は行徳河岸の対岸、箱崎町《はこざきちょう》一丁目の岸辺に立ってその様子を鷹の目になって見ていた。深編笠を被っているので、傍から顔は見えない。

圭之介と三人の供侍は、河岸道から崩《くずれ》橋に差しかかった。

そのとき崩橋の上に立っていたひとりの男が、橋をわたりはじめた四人に背を向けて歩きだした。徳之助と同じように深編笠を被っている森川貫太郎だった。

貫太郎は見守っている徳之助に、顎をしゃくって合図をすると足を速めた。徳之助も川岸を離れて、箱崎町一丁目の北側の通りに急いだ。

二人が落ち合ったのは通りの中ほどだった。

「どうする？」

徳之助は深編笠に隠れている目を、らんと光らせて貫太郎を見た。

「待て、供は三人だが、誰かたしかめる。それだけでいい。それにこの通りは人目が多いし、昼間の襲撃には無理がある」

貫太郎がいいながら徳之助を商家の軒下に下がらせた。

「昼だろうがかまわぬ。本懐を遂げたら、どうせ死ぬのだ」

「相手は圭之介だけではない。それを忘れたかッ」

貫太郎に低く抑えた厳しい声でいわれ、徳之助はハッと気づいた。そうであった。相手は圭之介だけではない、圭之介の父親・佐久間泉右衛門もいたのだ。

「来たぞ」

貫太郎が注意をうながし少し下がった。

二人は深編笠に手甲脚絆《てっこうきゃはん》に草鞋《わらじ》履き、打裂《ぶっさ》き羽織に袴姿という動きやすい身なりだった。いざその機会が訪れたなら、躊躇《ためら》いもせず思いを遂げる腹づもりだ。

供侍三人を連れた圭之介がやってきた。細面で色が白い。口辺に小さな笑みを漂わせていた。生意気そうな面構えだ。

徳之助と貫太郎の監視を受けていることになど、微塵《みじん》も気づかずに歩き去る。

「見たか……」

徳之助は貫太郎をにらむように見た。

「ああ」

貫太郎も供侍が誰であるか気づいたようだ。

いずれも殺された徳之助の跡取り・徳太郎と同じ道場に通っていた門弟だった。若い圭之介は、使いやすい同年代の男を供につけたのだろう。

「あれならわけもない」

徳之助はつぶやいて歩き去る四人の背中に視線を注ぎ、ゆっくりあとを尾けはじめた。貫太郎が少し下がってついてくる。

圭之介たちは永代橋《えいたい》をわたると、左に折れ、そのまま大川沿いの河岸道を辿り、油堀《あぶらぼり》に架かる下之橋《しものはし》をわたると、すぐ右に折れた。

「そのまま町屋敷に行くのだな」

背後についている貫太郎が、徳之助にささやきかけるようにいう。

「……何度か来ているのだろう。迎えもいないのに、足に迷いがない」

徳之助は圭之介の後ろ姿を見ながらいう。

圭之介と三人の供侍は、富岡川《とみおか》に架かる丸太橋の手前を左に折れた。その先に佐久間泉右衛門の住む町屋敷がある。

「このまま行く」

圭之介たちを見送った徳之助は、背後の貫太郎にいった。

二人はそのまま丸太橋をわたると、商家の角に身を寄せて、佐久間泉右衛門の町屋敷に目を向けた。

圭之介たちが表門に近づいたとき、屋敷内から人が飛びだすように出てきた。出迎えの小者だった。

徳之助と貫太郎は、圭之介たちが屋敷内に吸い込まれるように姿を消したあとも、屋敷前に注意の目を向けつづけた。

警固をする見張りがいるかもしれないと思ったのだが、その気配はなかった。

「どうする?」

貫太郎が聞いてきた。

徳之助は屋敷前の通りに目を注ぎながら答えた。

「今日は出かけたりはしないだろう。外出をするならば、明日か明後日ということか」

「見張りの場所を決めておこう」

「うむ、そうだな」

徳之助と貫太郎は、それから半刻ほどのちに、佐久間泉右衛門の町屋敷を見張ることのできる恰好の場所を、深川富久町《とみひさちょう》に見つけた。

若夫婦がやっている八百屋で、二階の部屋が空いていそうだが、四、五日使わせてくれないかと頼み、借り賃をはずむと、自分たちは近くの長屋に家を借りたばかりなのでといって、一も二もなく承知してくれた。

徳之助と貫太郎は敵の親子が江戸に揃い、見張場を設けたことに少し安堵して、枕橋の道場に戻った。

「あれ、先生は留守だな」

母屋に入って徳之助がいえば、貫太郎がすぐに言葉を返した。

「先生のことだ。どうせ近所をぶらついておられるのだろう。ほれ、この前は蜜柑《みかん》をもらってきたと、ほくほく顔で帰っていらっしゃれば、その晩のうちに近所で餅をついていたので、分けてもらったと嬉しそうにおれたちに食べさせてくれた」

「人の懐に入り込むのが上手な先生だからな。しかし、もう先生の世話になるのもあと数日のことだ」

「そうだな」

そんなことを話していると、玄関の戸がガタッと音を立てた。

二人が同時に土間に目を向けると、「おお、帰っていたか」と、杉田甲兵衛が居間にあがってきた。

「圭之介殿が江戸に着かれたようだな」

「知っています」

徳之助が応じると、甲兵衛はいつになくかたい表情を向けてきた。

「そこもとら覚悟はしていると思うが、一筋縄ではいかぬぞ」

「いやいや、意外や警固は手薄です。二、三日のうちに決着をつけます」

徳之助は余裕の顔でいって、貫太郎とうなずきあった。だが、甲兵衛の表情はかたいままだった。

「藩はほんとうに返り討ちにする気だ」

七

甲兵衛はつづけた。

「上屋敷に様子を見に行ったのだが、なぜ圭之介殿が江戸に見えることになったか、その意図がわかった」

徳之助と貫太郎は甲兵衛を見つめる。

「それはそこもとらを誘いだすためだ」

「まことに……」

徳之助は目をみはった。

「そこもとら二人が江戸に来ていると、藩は見当をつけている。目付も動きはじめている。よって、思いどおりにはいかぬと考えたほうがよい」

徳之助は貫太郎と顔を見合わせた。

「まさか、先生のこの道場に目をつけられているようなことはないでしょうね」

「それはない」

甲兵衛はきっぱり否定して言葉を足した。

「わたしは久世家を去る際に、隠居をするという口実で、剣術指南役から身を引いた。だから、ここに道場を構えたことは、久世家の誰も知らぬ。なんとも厚かましくも無恥《むち》なことだから、ずっと伏せておったのだ。これからもそれは変わるまいが」

甲兵衛はそこで言葉を切って、すぐにつづけた。

「この期に及んでかようなことはいいたくないが、そこもとらの敵討ちは容易くはいかぬ。そのことはっきりいっておく。だが、何か秘策でも考えているのか」

徳之助と貫太郎は顔を見合わせた。

口を開いたのは貫太郎だった。四角い顔にある団子鼻を一度、揉むようにつまんで甲兵衛をひたと見た。

「秘策はありませんが、佐久間泉右衛門の動きはわかっています。朝は五つ過ぎに町屋敷を出て、大名小路の上屋敷に出仕し、七つ前に材木町の町屋敷に戻ります。行き帰りにどの道を使うかも、供が何人ついているかも、三日に一度休みだというのも、贔屓にしている店もわかっています」

「警固の供は増えている。待ち伏せをして、不意をつくことは難しい。それに、いまもそこもとら二人を探しまわっている目付とその手先がいる」

「先生はさっき、圭之介が江戸に来たのは、わたしらを誘いだすためだとおっしゃいましたね。それはどういうことです？」

徳之助はひと膝詰めた。

「江戸に潜伏しているであろう二人を炙り出すためだ。圭之介殿を囮《おとり》にするということだ」

「敵なのに囮に……」

徳之助はまばたきをして、貫太郎と顔を見合わせた。

「おれたちを奸賊《かんぞく》扱いしている藩は、早く決着をつけたいということだろう」

「裏を返せば、それだけおれたちを恐れているということだ。非道なことをしたのは、佐久間圭之介なのに……」

　徳之助はにぎりしめた拳で膝を打った。

「圭之介だけではない。父親の泉右衛門然《しか》りだ。身内の罪を隠すばかりでなく、非道な手を使って、おれたちを追い落としたのだからな」

「貫太郎、向こうがその気なら、こっちは裏をかくまでだ」

「何か考えがあるか」

　貫太郎が真剣な目を向けてきた。

「圭之介が囮になるということは、それだけ隙を見せるということだろう」

「そうであろうが、下手に近づいたら、向こうの罠にはまるということだろう。先生、昨日でしたか、伝次郎という船頭を雇ってみたらどうだとおっしゃいましたね」

　貫太郎は甲兵衛を見た。

「うむ。わたしの目に狂いがなければの話だが、いかほどの腕があるか……」

「先生、腕があるからといって容易く引き受けてくれるでしょうか。人を斬ることになるのです」

徳之助がそういったとき、玄関に人の声があった。三人がそっちを見ると、また声があった。

「先生、船頭の伝次郎です」

第五章　横槍

一

「お揃いでしたか」

甲兵衛に招き入れられた伝次郎は、土間に立ったまま、徳之助と貫太郎を見て、小さく頭を下げた。

「そなたのことを話していたところなのだ」

「わたしのことを……」

「ま、遠慮せずにあがりなさい」

「長居はできませんのでここで結構です。為七殺しの下手人がわかったので、知らせにまいっただけです」

「おお、捕まったのか。それはよかった。それで、誰であった？」

「浅草の寅次郎というやくざと、その仲間でした。罪に罪を重ね、為七の他に、商家に奉公していた五市という小僧まで手にかけていました」

伝次郎はそういって、簡単なあらましを職人言葉で付け足した。

「わざわざ知らせに来てくれたのか」

「あっしは一度先生と、そちらのお二人を疑ってしまいました。大変ご無礼をいたしました。その段、お許しいただきたいと思い、挨拶に伺《うかが》ったのです」

「なになに、気にすることはない。殺されたものがこの家で仕事をしていたのだし、この二人の客人に疑いの目を向けるのも無理はなかろう」

甲兵衛は徳之助と貫太郎を見て、理解を求める笑みを浮かべた。伝次郎はその二人に体を向けて、

「さぞや気分を害されたでしょうが、お許しください」

と、深々と頭を下げた。

「真相がわかったのだから、気にすることはない」

貫太郎がそういってくれたので、伝次郎は気が楽になった。

「とにかくそのようなことでしたので、失礼いたしました。では、あっしはこれで……」

伝次郎はそのまま辞去しようとしたが、すぐに甲兵衛に呼び止められた。

「折り入って相談があるのだ。遠慮はいらぬから、おあがりなさい」

甲兵衛は勧めるが、

「どんな相談なのかわかりませんが、それならここで伺いましょう」

と、伝次郎は固辞した。

甲兵衛はそれならしかたないとあきらめ、

「では明日の朝でよいから、道場に顔を出してもらえまいか」

といった。

「何かあるのですか」

「そなたの腕を見たいのだ」

甲兵衛は笑みを浮かべていったが、半分閉じたような目の奥に、針のような光が浮かんだ。伝次郎は苦笑で答えた。

「あっしの腕など、先生の足許にも及びません。おわかりのはずです」

「うむ、よくわかっているつもりだ。住まいには業物を持っているそうではないか」

伝次郎は徳之助と貫太郎を見た。

一度二人に襲われたときに、所持している井上真改を見られている。二人はそのことを甲兵衛に話しているのだ。

「刀は飾りです。宝の持ち腐れだと、よく小馬鹿にされます」

「その刀を使う気にはならないか。場合によってはこの道場をくれてやってもいい」

「先生」

慌てたのは徳之助だった。貫太郎も驚きに目をみはっていた。

「わたしは嘘はいわぬ。明日の朝でいい。わたしと立ち合ってくれまいか」

「お断りします。あっしの渡世は船頭です。では、これで……」

伝次郎は背を向けた。呼び止められてもそのまま帰るつもりだった。だが、声はかけられなかった。

表に出ても背後に気を配ったが、甲兵衛も客人の二人の侍も追ってはこなかった。

「先生、どういうつもりです？」

伝次郎が去ったあとで、徳之助は甲兵衛に聞いた。

「わたしは本気だ。あの男はできる。助を頼むのに不足はないはずだ。それに伝次郎殿は浪人の身分。相手が久世家でも気兼ねはいらぬはずだ」

「しかし……」

「あの男が元侍だったというのは、先日わかりましたが、事が事だけに仲間に引き込むのはいかがなものかと……」

貫太郎は言葉を切って、むんと口を引き結んだ。

「様子を見よう」

そういう甲兵衛は、あきらめきれない顔をしていた。

二

為七と五市の件が無事に片づき、普段の暮らしに戻った伝次郎の許に、その朝早く、小一郎の小者・八州吉が長屋を訪ねてきて、寅次郎らの調べが終わり、昨日遅く牢屋敷に移されたという報告をした。

「広瀬の旦那が、くれぐれもよろしくといっておられました」

「わざわざすまぬな」

「へえ、ではあっしはこれで失礼いたしやす」

八州吉が帰っていくと、伝次郎は千草の淹れてくれた茶に口をつけた。

「広瀬さんも忙しいのですね」

千草が八州吉の茶を下げながらいう。

「罪人を牢屋敷に送ったから終わりというわけではない。役人の仕事はそのあともいろいろあるんだ」

「そうなのですか。でも、下手人が捕まってようございました。おけいさんも友吉も、うやむやのまま新しい年を迎えるのはいやでしょうから」

「そうだな」

伝次郎は茶を飲んで家を出た。

猿子橋に置いている猪牙舟に乗り込むと、舫《もやい》をほどき棹をつかむ。

天気がいい。澄みきった空が広がり、雪化粧した富士山を見ることができた。

「それにしても杉田道場は……」

内心の思いがつぶやきとなって漏れた。甲兵衛の相談だという申し出が気になっていたからだ。道場をくれるとまでいったのだ。

さらに、あの客人の二人の侍……。

白石徳之助と森川貫太郎。総髪にして浪人の風体をしているが、久世家となんらかの関係があるはずだ。

（いったい、何を企んでいるのだ）

伝次郎はそこまで考えて、強くかぶりを振った。自分には関わりのないことである。

「よしッ」

と、下腹に力を入れると、棹で岸壁を押して舟を出した。

六間堀を上り、竪川から大川を横切り、神田《かんだ》川に入って佐久間《さくま》河岸で客待ちをした。河岸人足たちが荷揚げ作業をやっていれば、同じ船頭仲間が客を乗せて神田川を下っていった。

伝次郎は煙管をつけて、客を待った。よく晴れているので、日射しにぬくもりがある。寒さはさほど感じなかった。

ひげをあたった顎をさすり、水面に映る自分の顔を眺めた。

目尻のあたりと眉間のしわが深くなっている。いつの間にと思うが、自分の年齢を考えれば無理もない。

その日最初の客を山谷堀《さんやぼり》に運び、その帰りに拾った行商人を小網町河岸まで送り届けたところで昼になった。

近くの一膳飯屋で昼餉をすますと、足の悪い老人が業平《なりひら》橋まで行ってくれといって声をかけてきた。

伝次郎は老人の体を気遣って舟に乗せると、そのまま大川に出た。舟賃は距離によっても変わるが、市中だとおおむね百五十文程度だ。気前のいい客は酒手《さかて》だといって、舟賃をはずんでくれる。

大川はあかるい日射しを受けてきらきらと輝き、その日は澪もはっきり見えた。上りは艪を使っての重労働になるが、その分体が暖まる。

川中を材木船が滑るように下っていけば、渡し舟が川を横切っていく。そこには見慣れた風景があった。

「この舟はよくできておりますな。それとも船頭さんの腕がいいのか……」

それまで黙っていた客の老人が、感心したようにいって伝次郎に顔を向けた。

「舟がいいんでしょう。腕のいい船大工に造ってもらいましたから」

「ほう、そうでしたか。なかなかこんな舟には出会わないから感心しておったのです」

老人はそういって舟縁や舟梁をなでる。どうやら舟に詳しいようだ。

伝次郎の猪牙舟は、深川六間堀町に住む小平次《こへいじ》という船大工に造ってもらったのだった。全長三十尺（約九・一メートル）、幅は四・六尺（約一・四メートル）と他の猪牙舟と変わらないが、小平次は舳《みよし》と艫《とも》の部分に隠し戸棚を拵《こしら》えてくれた。棚には淦《あか》を掬《すく》う手桶や雑巾などの他に、着替えも仕舞えるし、刀を入れることもできた。

吾妻橋をくぐり、源森川に向かったとき、米俵を満載したひらた舟とすれちがった。相手は高瀬船につぐ大きな荷舟である。そのせいで大きな波を受けて、猪牙舟がよろめくようにあおられた。

伝次郎はとっさに棹をつかんで川底に突き立て、舟の揺れを最小限に抑え、何事もなかったように源森川に向かった。

「船頭さん、あんたの腕もたいしたもんだ」

老人が舟梁にしがみついたまま相好《そうごう》を崩していた。

「振り落とされると思ったが、なんのことはなかった」

「これがあっしの仕事ですから」

伝次郎はそういって枕橋をくぐり抜けた。ちらりと陸に目をやったのは、すぐそばに杉田道場があるからだった。

足の悪い老人を業平橋の手前で下ろすと、伝次郎はゆっくり猪牙舟を流した。ときどき棹を使って舟を制御するだけだ。

そうやっているうちに河岸道から声をかけられることがあるが、竪川に出る北辻《きたつじ》橋をくぐっても客はつかなかった。

伝次郎はそのまま大横川《おおよこ》を南へ下らせた。川幅は約二十間（約三十六メートル）あり、途中で仙台堀《せんだいぼり》と交叉し、木場《きば》を経由して二十間川《にじっけん》（大島川《おおしま》）につながる。

小名木川を横切り、扇橋《おうぎ》のたもとで一服つけていると声をかけられた。近場だったが、それからは深川を中心に五組の客を乗せ終わった頃には、町屋に夕靄が立ち込めてきて、早くも日が没しようとしていた。

そこは深川冬木町《ふゆきちょう》のすぐそばで、客は近くて悪かったねといって、心付けをわたしてくれた。

「これは相すみません。気をつけてお帰りなさいまし」

伝次郎は礼をいって客を送りだし、舟賃を入れた巾着を帯にしっかりたくし込んだ。

「帰るか……」

独りごちて棹をつかみ、今夜はゆっくり千草の手料理で酒を飲もうと思った。久しぶりに仕事をしたという充足感があった。

そのまま仙台堀を西に進む。河岸道には早仕舞いをした行商人や、職人の姿が見られた。長屋の路地から炊煙《すいえん》が吐きだされてもいる。

海辺《うみべ》橋をくぐったときだった。何気なく河岸道に目を向けると、深編笠を被った二人の侍が目に飛び込んできた。

(あれは……)

顔は見えないが、杉田道場の食客《しょっかく》になっている白石徳之助と森川貫太郎に似ていた。

(いや、そうだ)

と、伝次郎は確信した。

二人は伝次郎の舟に近づくように河岸道を歩いて来るのだが、その背後に五人の男たちがいた。しかも、尋常ならざる空気をまとっている。

徳之助と貫太郎は何やら話し合っていて、その五人に気づいていない様子だ。

(ヤッ……)

伝次郎は目をみはり、息を吞んだ。

背後から接近する五人の侍が、それぞれに刀の鯉口《こいぐち》を切ったからだ。

そして、五人の侍のひとりが声をかけた。

徳之助と貫太郎が同時に振り返ったときに、異常な事態となった。

五人の侍が一斉に腰の刀を抜き払ったのだ。徳之助に斬り込んでいったひとりが、抜き様の一刀で刀を撃ち返されると、他のものが徳之助に袈裟懸けの一刀を見舞った。

徳之助はかろうじてかわしたが、機先を制され、気を削がれている。これでは勝ち目はない。案の定、徳之助と貫太郎は逃げに転じたが、五人の侍は執拗《しつよう》だった。

「待て」

「逃さぬぞ」

五人の襲撃者は口々にいって、ひとりが徳之助と貫太郎の前にまわり込んだ。傍から見ていても多勢に無勢である。現に徳之助と貫太郎はあきらかに形勢不利だった。

見ていられなくなった伝次郎は、急いで猪牙舟を舫うと、棹をつかんだまま河岸道に躍りあがった。

三

「とおッ！」

ひとりの侍が徳之助に鋭い突きを放った。その瞬間、伝次郎の棹が侍の腕を下から撥《は》ねるように打った。

「あっ」

虚をつかれた相手は、打たれた腕を押さえて下がった。

「白石さん、逃げるんだ！」

伝次郎は徳之助にそういうと、貫太郎を囲みはじめた三人の侍のひとりの肩を棹で殴りつけた。

「何をする！」

肩を打たれた男が血相を変えて、伝次郎を振り返った。予想しなかった助っ人に、大きく眉を動かして、

「邪魔立てすれば容赦せぬ」

と、斬りかかってきた。

伝次郎はすっと腰を落とすと、相手の足を払うように棹を横に振った。

「痛ッ」

弁慶の泣き所を打たれた男は、その場にうずくまった。

伝次郎はすかさず後頭部に棹をたたきつける。ビシッと棹が音を立て、男は目を白黒させて横に倒れた。無論、死に至ることはないが、かなりの衝撃である。

その間に、貫太郎は撃ち込まれてきた一撃を右にかわし、もうひとりの男の横腹を斬るように刀を振っていた。しかし、下がってかわされ、間合い二間で対峙した。

「いまだ、逃げてください」

伝次郎は徳之助の背中を押して、斬りかかってきた男に棹を突きだした。

「ごふッ……」

相手は強く鳩尾を突かれ、そのまま体をふたつに折り、無様にも両手両膝をついて苦しんだ。

これで動ける敵は三人になり互角の戦いとなったが、

「徳之助、一旦引きあげだ」

と、貫太郎がいって大きく下がった。いわれた徳之助はまわりを見、そして伝次郎に顔を向けて、

「かたじけない」

というなり、海辺橋をわたって逃げる貫太郎のあとを追った。

だが、河岸道に残った伝次郎はそのまま無事にはすまなかった。

伝次郎が最初に腕を撥ね打った男が、ずかずかとやってきて、さっと顔の前に刀を突きだしたのだ。

「きさま、なんの真似だ！　ちょこざいなことをしおって！」

男は成敗してくれると喚いて、刀を上段に振りかぶった。

斬られてはたまらない伝次郎は大きく下がった。

「あんたたちはあの二人の背後から、卑怯にも斬りかかろうとしていた。だから黙っていられなかったんだ」

伝次郎はいいながら下がる。徳之助と貫太郎が無事に逃げたいま、戦うつもりなどなかった。

「たとえお侍であろうが、市中での狼藉《ろうぜき》は御法度ですぜ」

伝次郎はさらに下がりながら、職人言葉で声を張る。その間に、他の侍が立ちあがり、差配役らしい男の両脇に控えた。今度は五対一である。

「きさま、職人だな。船頭か！」

牛のような体をした男が眼光を光らせて近づいてくる。伝次郎はさらに下がる。

「きさま、やつらの仲間ではなかろうな」

「あっしの知りもしない人たちですよ」

伝次郎はしらばくれる。

その河岸道には野次馬が集まりはじめていた。仙台堀の対岸にも、騒ぎを見ようとしているものたちがひとかたまりになっていた。

その状況に気づいた相手のひとりが、

「もうよい。余計な手出しをしたこやつには腹も立つが、引きあげだ」

と、刀を鞘に納めた。

それでもあきらめきれないらしい男が、

「せっかく見つけたのに……」

と、悔しそうに海辺橋の向こうに視線を飛ばした。

「まったく忌々しいことだ。だが、あの二人が江戸にいるのはこれではっきりした」

「やつらの目当てはわかっているのだ。慌てることはない」

男たちは伝次郎に理解できないことを口にした。

それから大きく離れたところに逃げている伝次郎を、差配役らしい男が見てきた。

「きさま、今度見かけたらたっぷり礼をしてやる。よく覚えておけ」

伝次郎はまた逃げるように下がった。それを見た相手は、ふんと嘲笑うように小鼻を鳴らして背を向けた。

五人はそのまま河岸道を後戻りし、相生橋《あいおい》をわたっていった。集まっていた野次馬たちが、五人の侍に道を譲るように両側に開いた。

伝次郎は棹を持ったまま、商家の軒先に立っていたが、しばらく動かなかった。五人の侍の誰かが、自分に注意の目を向けている、あるいは待ち伏せているかもしれないと警戒したからだ。

ほどなくして野次馬たちの姿は消え、河岸道は静かになった。伝次郎が舟に戻ったのは、それからさらに小半刻ほどたってからだった。

猪牙舟を出しても、伝次郎は河岸道に注意の目を向けていた。しかし、最前の侍たちの姿を見ることはなかった。

仙台堀を抜けて大川に出、それから小名木川に入ったが、あたりは夜の帳《とばり》に包まれ、空には星が広がっていた。

猿子橋のそばに舟をつけ、雁木の杭に舫い、やっと人心地ついた。ふうと、大きく吐きだした息が白くなった。日が落ちてまた寒気が強くなったのだ。

「伝次郎殿」

河岸道にあがってすぐのことだった。

伝次郎が足を止めると、徳之助と貫太郎が脇の暗がりからぬっとあらわれた。

四

「先ほどはすまなかった」

貫太郎が頭を下げれば、

「おかげで助かった。まったくの油断であったが、このとおり礼を申す」

と、徳之助も頭を下げた。

「礼などよいですよ。それにしても、あの男たちは何者です？」

「身共らの命を狙うものだ」

徳之助が答えた。

「命を……」

「ついては聞いてもらいたいことがある」

貫太郎が一歩近寄っていう。

伝次郎は二人をゆっくり眺めた。

「どんなことかわかりませんが、話だけなら聞きましょう」

命を狙われるものと知っては、放ってはおけない。

伝次郎は中之《なかの》橋のそばにある「磯《いそ》屋」という居酒屋に案内し、店の隅で二人と向かいあった。

「それで、どんな話です？」

伝次郎は酒肴《しゅこう》が調《ととの》ったところで口を開いた。

「さっき難を逃れたあとで、貫太郎と相談をしたのだ。じつは身共らは久世家の家来であったのだが、わけあって出奔している身なのだ。そのわけとは……」

徳之助はときどきまわりの客を気にしながら、話をつづけた。

伝次郎はすべてを聞き終わるまで黙って聞いていた。ときどき盃に手をのばしたが、酒はなめる程度だった。

「すると、江戸には敵討ちのために……」

話を聞いた伝次郎は、あらためて徳之助と貫太郎を眺めた。

「さようなことだ」

「お気持ちはよくわかります。しかし、敵討ちといっても、ただの人殺しになりはしませんか」

伝次郎はまわりを見て、声を抑えた。客は五分《ぶ》の入りで、近くに座っている二人組の職人は大声で笑いあっている。

「重々承知しておる。かといって、身共らに主君の赦免状など下りはせぬ。だからといって泣き寝入りなどできぬ。非は先方にあって、身共らにはないのだ」

伝次郎は膝許の盃に視線を落とす。

敵討ちには主君の赦免状が必要であり、他国にわたる場合はしかるべきところへの届けが必須になる。

「身共らは訴えを出したが、斥《しりぞ》けられたばかりか、あらぬ噂を立てられての引き下げ（降格）を受け、扶持《ふち》も減らされた。理不尽きわまりないことであるし、黙ってはおれぬ」

貫太郎は鼻の穴を大きくしていう。

「正義があるなら、まちがっておることだ」

徳之助が言葉を添える。

「そういうことでしたか。いや、お二人が久世家と、なんらかの繋がりがあるのはわかっていました」

伝次郎の言葉に、徳之助と貫太郎は顔を見合わせて小さな驚きを示した。

「なぜそのことを……」

徳之助がまっすぐ見てくる。

「為七が殺された一件があり、杉田道場のことを探らせてもらったのです。そのときわかったことです」

徳之助は小さく嘆息した。伝次郎はつづける。

「しかしながら、お二人の敵討ちは公にはできぬことでしょう。思いを遂げれば、やはりただの殺しと見做《みな》されます。それに奥方や子供もおありなのでは……」

「身内には累が及ばぬよう、然るべき手を打ってある」

貫太郎は毅然《きぜん》とした顔でいう。

おそらく国許を離れさせているのだろう。伝次郎は勝手に推量するが、突っ込んだことは聞かなかった。その代わり別のことを口にした。

「もしや、助をしろとおっしゃるのではないでしょうね」

徳之助はピクッと眉を動かした。

「杉田先生に迷惑をかけるつもりはなかったが、身共らのことを知った先生は、力を貸してくださっている。伝次郎殿が力を貸してくだされば、それ相応の礼をされる肚づもりもおありだ。無論、身共らもその恩に報いることを少なからず考えておる」

「無理な相談だというのは重々承知のうえ。伝次郎殿とは縁もゆかりもない間柄だが、だめを承知のうえで肚を割って話をするのは、そなたを男と見込んでのことである。迷惑なことだとは思うが、先ほどの一件があり、徳之助とよくよく相談したうえで、話をしているのだ」

貫太郎は真剣な目で見つめてくる。

「江戸には知己がない。助を頼むものもいない。無論、断ってもよい。ただし、このことは構えて他言無用に願う」

徳之助が言葉を重ねた。

伝次郎はゆっくり盃を口に運び、ひと息にあけた。隣の職人がまたゲラゲラと大笑いをした。

伝次郎は細い息を長く吐き、どうしたものかと考えた。

断るのは簡単だ。下手に関わったばかりに、身を滅ぼすこともある。相手は久世家の重臣とその跡取りである。久世家は譜代であるし、主は幕閣《ばっかく》にも影響を及ぼす大名。

しかし、非は二人が敵を討とうとしている佐久間圭之介とその父・泉右衛門にある。

「白石さん、森川さん」

伝次郎は二人を見てつづけた。

「何故、こんな話をされる。男と見込んでとおっしゃいましたが、それは思いちがいですよ。わたしはたしかに浪人ではありますが、いまは船頭を生業《たつき》にしている身です。役には立てませんよ。それにお二人の話を疑うわけではありませんが、あまりにも向こう見ずな話です」

「やはり……だめか」

徳之助は深いため息をついた。

「申しわけありませんが……」

伝次郎は盃を伏せた。これでいいと思った。

五

「よもや見張りが知れるとは思わなかったのですが……」

徳之助は自分たちが、久世家の捕り方に襲われたことを、甲兵衛に話したところだった。

杉田道場の母屋である。

「それだけ油断できぬと警戒をしているからだろう」

「しかし、難を逃れることができたのは、船頭の伝次郎殿のおかげでした」

貫太郎の言葉に、甲兵衛は「なにッ」と眉をひそめた。

「身共らは襲われるまで、まったく気づかなかったのですが、たまたまそばにいた伝次郎殿が助太刀をしてくれたのです。それも棹一本で、五人を相手にしました」

徳之助はそのときのことをざっと話した。

「やはり、あの男はただ者ではないな」

「たしかに先生の目に狂いはなかったようです。それで、貫太郎と相談をして、伝次郎殿に助をしてくれないかと相談を持ちかけてみました」

「ふむ」

甲兵衛は徳之助を見る。

「話はわかってくれましたが、助は断られました」

「さようであったか。それは仕方あるまい」

徳之助はそういう甲兵衛に少し首をかしげた。

「先生は様子を見るとおっしゃってましたが、何か考えでも……」

「あの船頭は頼めると思っていたのだが、いまそなたらの話を聞いてあきらめるしかなかろう。かくなるうえは、人を頼まず三人でやるしかない」

甲兵衛はいつもの笑みを消して口を引き結んだ。

「先生、三人ではありません。身共ら二人で思いは遂げます。これまでお世話いただいただけで十分でござります」

徳之助は慌てたようにいった。

「そうです、安心して江戸にいられるのも先生のおかげなのですから」

貫太郎が言葉を添える。

「いやいや、わしはもう決めておるのだ。何度も同じことをいわせるな。それよりもどうやって敵を討つか、そのことに知恵を絞ろうではないか」

甲兵衛はすっかりその気になっている。

徳之助は半ばあきれるのだが、嬉しくもある。だからといって甲兵衛に助を頼もうとは微塵も思っていない。それは貫太郎も同じであった。

しかしながら甲兵衛は、佐久間泉右衛門の動きを知っていた。

その夜、床に入った徳之助は、隣に寝ている貫太郎に声をかけた。

「おぬし、先生に助を頼む気ではなかろうな」

「その気はないさ」

「先生はその気だ」

「おれたちに助をしたら、先生は罪人になる。世話になった久世家に弓を引いた逆賊という汚名も被ることになる。そんなことはあってはならぬ」

「そのとおりだ。しかし、明後日、佐久間泉右衛門が、倅の圭之介を連れて上屋敷に行くことがわかっている。おそらく帰りもいっしょだろう」

この情報はさっき甲兵衛から聞いたことだった。

圭之介が藩主・久世大和守広周《ひろちか》に御目見《おめみえ》するのである。甲兵衛はそのときこそが敵を討つ好機だと話し、襲撃する場所をいくつか候補としてあげた。

徳之助と貫太郎はうなずきながら聞いていたが、警固の人数が問題だった。徳之助はあくまでも貫太郎と二人で決行する腹である。

相手が十人までなら何とかなるだろうが、それ以上となると、ただ討ち死にするだけである。その愚は避けなければならない。

「考えたのだ」

徳之助はぽつんとつぶやいた。

貫太郎が頭を動かして見てくる。

「佐久間親子を狙うのは無理かもしれぬ。だが、一矢《いっし》は報いなければならぬ。おれたちは二人だ。おれかおぬしが、警固のものたちを引き寄せ、その間に佐久間親子を斬る。二人を斬ることができればよいが、どちらか一方でもかまわぬのではないか」

「ほう、同じようなことをおぬしも考えておったか。だが、おぬしにとって真の敵は圭之介だ。そのうえで泉右衛門を斬ることができれば、斬る」

「うむ。もはやゆっくりはしておれぬ。おれたちが江戸にいることは、今日、相手の知るところとなった。探索の手は明日から増えるかもしれぬし、警固も厳しくなるだろう。いや、そうなると考えてよいはずだ。しかし、なぜ今日はおれたちのことが……」

それはずっと気になっていることだった。

「おれたちがあの屋敷を見張っていることを、先方は見越していたのだろう。であれば相手も、同じように屋敷周辺で不審な動きをする人間を見張っていたはずだ。

おれたちはそれに気づかなかった」

「そういうことであろうな……」

徳之助は貫太郎の推量どおりだろうと思い、言葉を足した。

「ということであるなら、あの見張場はもう使えぬということだ」

「もはやあそこは不要だ。明後日の佐久間親子の動きがわかっているのだ。先生がおっしゃったように、そのときを狙うしかないだろう。もはや無駄な時を費やしている場合ではない」

「貫太郎、先生に気取《けど》られぬように、明日ここを去ろう」

「さようだな。先生にはこれ以上の迷惑をかけられぬからな」

貫太郎の返答を聞いた徳之助は、大きく息を吐いた。白い筒となった息が、枕許の行灯のあかりに浮かびあがった。

目をつむると、いまは亡き徳太郎の凛々《りり》しい顔が瞼の裏に浮かんだ。母親似で鼻《び》梁《りょう》が高く切れ長の目をしていた。

（そうだ。妻はどうしているだろうか……）

妻の千代《ちよ》は、徳之助が出奔する際、実家の岩槻《いわつき》に戻していた。岩槻は他領なので、累が及ぶ恐れはなかった。

死ぬ前にもう一度会いたいという気持ちはあるが、叶うべくもないことだとあきらめている。

いずれ自分たちのことは、千代の耳に届くはずだから、甘い考えは捨てなければならない。徳之助は自分を戒めた。

六

その朝、枕橋のそばに猪牙舟を舫った伝次郎は、朝霧の這う河岸道にあがると、まっすぐ杉田道場に足を向けた。

ようやく日が昇りはじめた時刻であった。

昨夜は眠りが浅く、しかも細切れの睡眠だった。白石徳之助と森川貫太郎の話を聞いたせいである。

道場の脇から母屋にまわり込むと、井戸端に杉田甲兵衛がいた。

「おや、これは伝次郎殿ではござらぬか。こんなに早くいかがされた」

顔を洗っていた甲兵衛は、手ぬぐいを使いながらいった。

「昨日、白石さんと森川さんに会ったのです。聞いていらっしゃいませんか……」

「聞いておるよ。ま、お入りなさい」

甲兵衛が玄関の戸を開けていざなったので、伝次郎はあとに従った。居間にいた徳之助と貫太郎が、目をまるくして見てきた。

「早いので迷惑ではないかと思いましたが、気持ちを抑えられないのでやってまいりました」

伝次郎は二人に頭を下げた。

「もしや……」

徳之助が目を輝かせた。

「昨夜の話でしたら、お断りしたはずです」

「ならば何の用で……」

貫太郎だった。

伝次郎は徳之助と貫太郎に向けていた目を、甲兵衛に向けた。

「先生は先日、わたしの腕を試したいようなことを口にされましたね」

「うむ」

「これからいかがでしょうか」

「なに……」

甲兵衛は眠たげな目を見開いた。

「もはやその要はありませんか」

甲兵衛は伝次郎の急な訪問と、予期しない言葉に戸惑った顔をしたが、

「心変わりでもされたか。よかろう。では、道場へまいろう」

と、いって徳之助と貫太郎をもうながした。

早朝の道場は冷え切っていたが、伝次郎は意に介さず静かに下座に正座した。それから遅れて入ってきた徳之助と貫太郎を見て、

「相手は、白石さんと森川さんにお願いできますか」

と、二人を眺めた。

甲兵衛が二人をちらりと見て、よかろうと応じた。

最初に徳之助が立ち合うことになった。

甲兵衛から木剣をわたされた伝次郎は、徳之助と向かいあって一礼すると、蹲踞《そんきょ》

の姿勢から静かに立ちあがった。

青眼の構え。武者窓から射し込む朝日の条が、床板に縞目《しまめ》を作っていた。表でさえずりはじめた鳥の声に反応したように、徳之助が間合いを詰めてきた。

伝次郎は動かない。臍下《せいか》に力を入れ、徳之助の動きを見る。

「はッ」

徳之助が気合いを入れて誘いかけてきたが、伝次郎は毫《ごう》も動かない。徳之助の顔に焦りの色が浮かぶ。濃い一文字眉がひくと動き、右踵があがると同時に突きを送り込んできた。

伝次郎は半身をひねってかわすと、同時に徳之助の木剣を打ちたたいた。

かーん!

乾いた音が道場内にこだましたつぎの瞬間、伝次郎はさっと動いて、徳之助の背後にまわり込んでいた。

徳之助が慌てて振り返ったとき、伝次郎の木剣は横に動いていた。

「あ」

短く声を発した徳之助の片頰に一条の汗がつたった。伝次郎の木剣が、徳之助の脇腹にぴたりとあてられていたのだ。

「それまで」

見所に座っている甲兵衛が伝次郎の勝ちを認めた。

「では、森川さん」

伝次郎は貫太郎に視線を移した。

徳之助から木剣を受け取った貫太郎が目の前に立った。

「容赦はせぬ」

貫太郎はさっと木剣を青眼に構え、それから脇構えに移った。伝次郎は左脇を開き、木剣を床と水平に動かす。貫太郎が床を蹴って撃ち込んできた。

伝次郎は右足を軸にして身半分を動かす。木剣の構えはそのままであった。瞬《しゅん》息《そく》の勢いで貫太郎が袈裟懸けに撃ち込んでくる。

伝次郎は、今度は左足を軸に、身体半分を動かした。貫太郎の木剣はうなりをあげて、伝次郎の肩先を過ぎていった。

体勢を整えた貫太郎の目が、驚いたように見開かれ、団子鼻から荒い息を吐く。

無理もない、貫太郎の木剣は伝次郎の体をかすりもしないのだ。

「いかがされた」

伝次郎の誘いかけに、貫太郎は動けずにいる。木剣を持つ手をにぎりなおし、雑巾を絞るように動かす。

伝次郎は間合いを詰めていった。すすっと摺り足を使い、右面、左面と連続で撃ち込み、胴をたたきに行く。かわしきれない貫太郎は下がる一方で、ついには壁に背中をつける恰好になった。

そのとき、伝次郎の手許がのび、貫太郎の喉に剣先がぴたりと据えられた。貫太郎は驚愕した顔で、何もできず佇立《ちよりつ》していた。

「そこまで」

甲兵衛が伝次郎に軍配を上げる。

「やはり、わたしの目に狂いはなかった」

下座に控えた伝次郎に、甲兵衛が笑みを向けてきた。

「やはり、そなたは見込みどおりの武芸者だった。しかし、なぜ……」

伝次郎は深く息を吐きだしたあとで答えた。

「わたしは妻と子を、そして使用人をある男に殺されました」

その言葉に徳之助と貫太郎が目をみはった。伝次郎はつづける。

「敵を討つまで長い月日を要しました。しかし、それで満足したわけではありません。あとに残ったのは、たとえようもない切なさとむなしさでした。それまでは敵に対する燃えるような憎しみや恨みを忘れることがなかったのに、あとに残ったのは無量の寂寞《せきばく》でした。肉親を殺されたものの気持ちは、手に取るようにわかります。しかし、敵討ちとはそんなものです」

「だからやめろと申すか」

徳之助だった。

「そのほうが身のためです」

「なにッ……」

「お二人は人を斬ったことがおありですか」

聞かれた徳之助は、貫太郎と顔を見合わせた。

「おそらくないでしょう。で、あれば、敵討ちはうまくいきませんぞ。いまの腕では、返り討ちにあうだけでしょう。無闇に命を捨てることになるだけです。死んだものたちの魂はそれでは浮かばれません。死んだものたちの分も生きて生き抜く。

それが唯一の供養だと思うのです」

「伝次郎殿、説教をしに来たのか」

貫太郎だった。

「いいえ、止めに来たのです。昨夜お二人から話を聞いて、ひと晩考えました。そして、いかほどの腕があるのか、それを知りたかったのです。相手には警固のものが多数いるのです。その警固をするものたちを傷つけずに、狙う相手だけを討ち果たすことは、おそらく至難の業。警固のものを斬れば、そこでまた憎しみや恨みを買うことになります」

徳之助と貫太郎は、ハッと目をみはった。

「伝次郎殿、この二人は武士である」

甲兵衛が口を開いて、つづけた。

「武士としての素志を貫こうとしているだけだ。白石の子は理不尽な殺され方をした。さらに、その子の許嫁であった森川の娘は、嘘つき呼ばわりをされ、挙げ句、白石と森川は引き下げにあい、扶持を減らされた。正道を訴えると、はからずも斥《しりぞ》けられ、非道の輩《やから》と白い目で見られるようになった。当然、居場所はなくなる。

ゆえに二人は出奔の道を選び、敵討ちを誓ったのだ。それなのに藩は、二人を危険な謀反人《むほんにん》として手配をしている。理不尽もいいところだ。正義と悪は逆転してはならぬ。そうではないか」

「たしかにおっしゃるとおりでしょう。しかし、此度《こたび》の敵討ちは、うまくいくとは思えません」

「うまくいこうがいくまいが、それは身共らの勝手だ」

徳之助が目を光らせた。

「思いも果たせず、返り討ちにあってもよいとおっしゃいますか……」

伝次郎は静かに徳之助を見る。すると貫太郎が言葉を返した。

「たとえ討ち死にしようと一義はある」

「ならば、その覚悟があると……」

「あたりまえだ」

伝次郎は細いため息をつき、視線を甲兵衛に向け、見所の壁際にある刀を借りてよいかと申し出た。許しを得ると、静かに立ちあがり、刀掛けから刀を取って徳之助と貫太郎のそばに座った。

「これも余計なことかもしれませんが、竹刀や木剣での稽古と、真剣での戦いは同じではありません」

伝次郎はすらりと刀を抜いて目の前にかざした。

「刀は切っ先から鍔元にかけて三つにわけることができます。ご存じですか」

徳之助と貫太郎は目をしばたたいた。知らないようだ。

「人を斬るなら切っ先八寸（約二十四センチ）、もっといえば三寸（約九センチ）を使うべきです。薄皮一枚でも、指先でもよいから、そこを使って斬る。中の八寸は敵の攻撃を防ぐ、あるいは押さえるか撥ねることに、手許の八寸はやむを得ないときの防御のために使います」

徳之助が口をまるくして「ほう」という顔をした。

「真剣での戦い、しかも相手は多人数で敵を守っているようですから、覚えておいて損はないはずです」

伝次郎は刀を鞘に戻した。

「白石、森川、よいことを聞いたようだ。伝次郎殿、わたしも剣術指南を長くやっておるが、そのようなことを教えたことはなかった。なるほど、さようなことも大事であろう。礼を申す」

甲兵衛が感心顔でいった。

「いえ、迷惑を承知のうえで、朝早くから差し出がましいことをしました。お許しください」

伝次郎は一度頭を下げてから言葉を足した。

「白石さん、森川さん、無事に本懐を果たされることを祈っています」

ではといって、伝次郎は辞去しようとしたが、三和土《たたき》に下りたところで、

「それでいつ？」

と、振り返って聞いた。

「明日だ」

徳之助が答えた。伝次郎は小さくうなずいた。

七

「あの伝次郎という船頭、まったく余計なお節介であった」

母屋の奥座敷に戻るなり、貫太郎がぼやいた。

「昨日助を頼んだからだろう。それに伝次郎殿も身内を殺されていたのだ。似たような事情を持っていたから、じっとしておれなくなったのではないか」

徳之助は火鉢の炭を整える。

「おぬしは人が好いから、すぐそんなことをいう」

「しかし、あの男はかなりの使い手だ。あれには舌を巻くしかなかった。しかも真剣での修羅場を何度もくぐってきた口ぶりだった」

「たしかにそうであろう。それに真剣についての講釈をたれたが、なるほどそうかと思ったのもたしかだ。これに、こんな使い方が秘められていたとは……」

貫太郎は自分の刀を抜いて眺めた。

刀身は障子越しのあわい光を受けて、鈍い光を発した。

「教えてもらったのはいいが、いざとなればどうなるかわからぬ。しかし、気づかなかったが、思ったことがある」

徳之助は茶をすすって、壁の一点を見つめた。

「なんだ?」

「おれたちは佐久間父子を討たねばならぬが、何の恨みのないものを巻き添えにすることになる」

「相手はおれたちを斬るつもりなのだ。かまうものか。刃向かってくるやつに容赦はいらぬ」

「まあ、そうであろうが……」

「徳之助、いまさら臆病風を吹かせているのではあるまいな」

貫太郎は刀を鞘に納めながら徳之助を見た。

「馬鹿をいうな。それより、先生と昼をいっしょにしたら、そのままこの屋敷を出ていく。そのこと気ぶりにも見せてはならぬぞ」

「おぬしにいわれるまでもない」

二人は甲兵衛の道場にやってきたときも、たいした荷物は持っていなかったので、そのまま出ていけばよかったが、あえて振分《ふりわけ》荷物を置いていくことにしていた。

徳之助は短い期間だったとはいえ、甲兵衛との別れに際し少なからず淋しさを覚えていた。そんな思いが言葉となって口をついた。

「先生には長生きをしてもらわなければな」

「そうだ。こんな立派な道場を構えられたのだ。宝の持ち腐れになっては困る」

「まったくだ。それで今夜はいかがする？」

徳之助がそういって貫太郎を見たとき、台所のほうから甲兵衛の声がした。

「白石、森川、こっちにいらっしゃい」


「こりゃまた、雪が降るんじゃねえか」

首に巻いていた手ぬぐいを外しながら、千草の店に入ってきたのは、大工の英二だった。

「お、伝次郎さん、早いんじゃねえか」

と、小上がりの隅にいた伝次郎に声をかけてきた。

「そうでもねえさ。日の落ちるのが早いからそう思うんだろう」

伝次郎は応じて、ぐい呑みの酒に口をつける。

「英二さん、いらっしゃい」

板場から出てきた千草が英二に声をかけて、伝次郎に鰤大根の入った器を置いた。

「おお、それうまそうじゃねえか。千草さん、おれにも頼むよ」

「あいよ。お酒つけるのね」

「熱いのを頼むよ」

英二がそういったとき、猪首の大工・多加次がやってきた。二人は同じ普請場《ふしんば》だったらしく、そのことを話しはじめた。

伝次郎は黙って酒に口をつけ、鰤大根に箸をのばす。大根にはよくダシが染みこんでいて、鰤の切り身には脂がのっていた。

いつもなら、「うまい」と声を出して味を褒める伝次郎だが、その夜はいつにもまして寡黙だった。明日、敵討ちをするという白石徳之助と森川貫太郎のことを、どうしても考えてしまうからだ。

ひょっとすると、あの二人にとって、今日が別れの夜になるかもしれない。お節介だとわかっていても、無駄だとわかっていても、今日は二人に会ってどうしても話したかった。それができただけでもよかったかもしれない、と思う伝次郎である。

「なんだか伝次郎さん、やけにしんみりしてるじゃねえか」

多加次が声をかけてきた。

「そうかい」

「なんだかそんな顔しているよ。悩み事があるんならおれが聞いてやるよ」

「馬鹿いってんじゃねえよ。おめえに相談するんだったら、その前に千草さんにするに決まってんだろう」

英二が多加次の頭を引っぱたく。

「痛ェ、たたかなくたっていいだろう。おめえは遠慮を知らねえから、痛ェんだよ。ほら、酒だ。つげ」

「いくらでも飲みやがれってんだ。だけどよ、為さんがいねえとなんだか物足りねえな」

「ああ、そうだな。いつもここに座って飲んでたもんな。だけど、そうやってひとり消え、またひとり消えていくんだろうな。むなしいねえ人生ってやつは」

「おめえも顔に似合わねえことをいいやがる」

そこへ千草が酒を運んできて、

「しょうがないじゃない。人はいずれ死ぬんですから」

といって、二人に酌をする。

「死ぬのはいいけどよ。為さんみたいに、痛い思いをして殺されるのはいやだね」

英二が酒に口をつけていった。

「そんなことは誰だっていやに決まってるだろ」

それまで黙っていた伝次郎だった。

その声が鋭かったのか、三人がいっせいに伝次郎に顔を向けた。そして、店の戸ががらりと開き、ひとりの年寄りが入ってきた。

伝次郎はその顔を見たとたん、何かあったと思った。入ってきたのが杉田甲兵衛だったからだ。

第六章　永代橋

一

「伝次郎殿、顔を貸してもらえまいか」

甲兵衛は戸口に立ったまま伝次郎を見ていった。

土間席にいた千草ら三人が、伝次郎と甲兵衛に視線を往復させた。

「では……」

伝次郎が土間に下りると、

「どなた？」

と、千草が不安そうな顔を向けてきた。

「枕橋の先生だ。気にすることはない」

伝次郎はそのまま甲兵衛と表に出た。寒風がいきなり吹きつけてきたが、酒で火照《ほて》った体には心地よかった。

「いかがされました?」

伝次郎は侍言葉で訊ねた。

「森川と白石が出ていったのだ」

「どういうことです?」

伝次郎は眉宇をひそめた。

「三人で昼をいっしょにしたあと、あの二人は明日の下見をしてくるといって出かけたのだが、どうも様子がおかしいと思い、二人の振分荷物をあらためると、中に入っていたのは鼻紙と矢立《やたて》などばかり。手甲も脚絆もつけず出かけたので、日の暮れ前には戻ってくると思っていたのが、いつまでたっても戻ってこない。もしやと思い、訪ねてきたのです」

「わたしのところには来ておりませんが……」

「あの二人、わたしの助を嫌ったのだ」

掛行灯のあかりを受ける甲兵衛の老顔に、悲壮感がにじんでいた。

「行き先に心あたりは……」

「ないが、もしや佐久間殿の町屋敷に討ち入るつもりではないかと……」

「そんなことはできぬでしょう」

「まず、無理なことだろうが、気になる」

屋敷に討ち入りをかけるのは無謀すぎる。佐久間泉右衛門の屋敷に何人の家来が詰めているかわからないが、三、四人というのは考えられない。

「様子を見に行ってみますか」

伝次郎は暗い空をあおいでからいった。

「付き合っていただけるか」

「わたしも引き留めの説得をした手前、気になっていたのです。少し、お待ちください」

伝次郎は店に引き返すと、千草に出かけるといってまたすぐ表に戻った。

「佐久間泉右衛門様の屋敷はわかっているのですね」

「ご心配なく」

甲兵衛は答えて夜道を歩きだした。持っている提灯で、伝次郎の足許を照らしてくれる。道場ではずいぶん足腰が弱っているように見えたが、足取りは意外やしっかりしていた。寒気が強くなっているせいか、二人の息は白くなっていた。

二人は高橋をわたると、そのまま道なりに歩いた。

「あの二人に変わったところはありませんでしたか？」

「普段と変わらずわたしには接しておった」

「行き先に見当はつきませんか？」

「あのものたちに頼れる江戸の知己はない。もっとも久世家の家臣には知っているものはいるが、近づくのは愚かなことだから……今夜は旅籠《はたご》に泊まっているのかもしれぬ」

「森川殿が江戸詰の方と会っていたという話がありますが……」

甲兵衛がなぜ知っているのだという顔を向けてきた。

「為七のことで調べをしているときに、そのことを見たものがいます」

「おそらく高橋伊三郎というものだろう。あのものだけは唯一信用のおける男だから。しかし、高橋に近づくのはやめるように釘を刺している。万が一のことがあれば、高橋にも迷惑をかけることになりかねない。だから、代わりにわたしが佐久間殿の動きを探っていたのだ」

「先生が……」

伝次郎は甲兵衛を見た。

「わたしは久世家で剣術指南役をやっていた手前、信用があるので、わたしを疑うものはいない。それにわたしがあの二人を匿《かくま》っていることも、誰も知らぬこと」

「先生はなぜ、あの二人に加勢をされるのですか」

これは気になっていることだった。

甲兵衛は少し間を置いて答えた。

「久世の殿様はまだお若い。藩政を牛耳っているのは、古狸の家老らだ。佐久間泉右衛門はそんな古老らの中では若いほうだが、このところ急にのし上がってきた家老。才知があるからだろうが、専横の振る舞いが目に余り敵も少なくない。わたしが指南役を退いたのも、泉右衛門殿があらわれたからだった。藩政はいま揺らいでいる。隠れたところで、泉右衛門殿を外せ、というはたらきかけもあると耳にするほどだ」

「その家老の跡取りがあの二人の敵。しかし、泉右衛門殿のことも目の敵にしています」

「当然のことだ。二人に引き下げを命じたのも泉右衛門殿だし、白石の倅を庇《かば》った森川貫太郎の娘・正江殿を咎人《とがにん》扱いにした。そのことで正江殿は疵物となり、おそらくこの先嫁ぐことはままならないだろう」

「そんなことが裏にあったとは……」

「藩政を落ち着かせるためには、泉右衛門の存在が邪魔になっているのは否めぬこと。久世家に世話になったわたしとしても、泉右衛門はいないほうが国のためだと思っておる。それゆえに、あの二人の助をしようと思っていたのだが……」

そんなやり取りをしているうちに、二人は海辺橋をわたり、仙台堀沿いの河岸道を歩いていた。佐久間泉右衛門が住んでいる町屋敷は、深川材木町にあった。

富岡川に面していて、対岸は三河西尾《みかわにしお》藩の下屋敷だ。寒さのせいか、通りには人の姿が途絶えていた。

「あの二人はこの近くに見張場を設けていたが、久世家の捕り方に見つかったので、まだこの辺にいるかどうか……」

甲兵衛は河岸道を歩きながら声をひそめていう。

「しばらく様子を見ましょうか……」

伝次郎が提案すると、甲兵衛もそうしようといった。

二人は佐久間泉右衛門の屋敷に近い、小料理屋に入って向かいあった。櫺子《れんじ》格子のそばなので、そこから屋敷表を窺《うかが》うことができた。

「今朝、伝次郎殿の説得を聞いて、じつはわたしの心が揺らいだ」

甲兵衛は酒をなめるようにしていう。

「伝次郎殿がおっしゃったことはもっともだ。たしかに危ない敵討ち。なにせ、先方はあの二人が何をしようとしているのか知っていて、かなり警戒をしているからな。それでもあの二人は返り討ちを覚悟してでも思いを遂げたい所存だ」

「その気持ちは痛いほどわかるのですが……」

「よもや二人の気持ちは変わらぬだろう。それゆえに、わたしは二人の助をしようと覚悟しておった。それまで道場を栄えさせようと考えていたが、もうそんなことはどうでもよくなった」

伝次郎はそういう甲兵衛をじっと見つめた。それからひとつ嘆息をした。

「わたしはどうやらいらぬことをしたようです」

申しわけないというふうに頭を下げた。

「いや、あれはよいことだった。あの二人も考えたはずだ」

「ただ迷いを与えただけかもしれません」

伝次郎は櫺子格子の向こうに目を向けた。夜廻りをする木戸番が、拍子木を鳴らして屋敷前を離れていくところだった。

「今夜あの二人は動くと思われますか」

伝次郎は顔を戻して聞いた。

「おそらく動かぬだろう。討ち入りは自殺するのと同じだ」

それでも甲兵衛は心配らしく、しばらく様子を見るといった。

二

広座敷には五人の男たちが集まっていた。

それぞれ襷掛けに手甲脚絆という物々しい出で立ちであるが、壁にもたれたり、手枕で横になったりしていた。

そこへ足音がして、吉村平三郎《よしむらへいざぶろう》が障子を開けてやってきた。

座敷にいた者たちは一斉に座りなおして、緊張の面持ちになった。

平三郎はそんな仲間を見て、ゆっくり腰をおろした。

「今夜は交替で寝ずの番をする。白石と森川の討ち入りは考えにくいが、用心のためだ。木村《きむら》と山田《やまだ》、おぬしらがまずはその番にあたれ。他のものは先に休め」

「白石と森川は見つかりませぬか?」

川岸《かわぎし》という男が聞いた。

「見つかっておらぬ。目付も人が足りぬし、江戸は広い」

「明日は申し合わせの通りでしょうか」

「さようだ。だが、ご家老と圭之介様は駕籠を使って上屋敷に向かうことになった。よって、われらは駕籠まわりの警固にあたる。出立の時刻も経路にも変わりはない」

平三郎はそれだけをいうと、立ちあがって座敷を出ていった。

「では、おれは先に休むとしよう」

西山《にしやま》という男が、ごろりと横になった。

「どこへ行ってらしたのです？」

自宅長屋に帰った伝次郎を、千草がかたい表情で迎えた。

「野暮用だ」

伝次郎は火鉢の前に座った。

「さっきのお侍は？」

どうせ聞かれると思っていたので、伝次郎は素直に答えた。

「あの方が為さんを雇った道場の……でも、どうしてあなたに」

「道場を手伝ってくれといわれていたのだが、ちょっとした揉め事があってな。それで困っているらしいのだ。おれの乗れる相談ではないが、話を聞くだけ聞いただけだ」

「それならよいのですが……」

千草は信じている顔ではなかった。

「酒を一杯くれ、明日は早く仕事に出るので寝酒をする」

千草は黙って台所に行き、ぐい呑みについだ酒を持ってきた。

「……わたしに嘘はつかないでください」

千草は酒をわたしながらキッとした目で見てくる。行灯のあかりを受けるその目を見ると、伝次郎の心が揺らぐ。いっていいものかどうか迷うのだ。

「どうしたんです？　わたしにもいえないことがあるのですか」

どうやら見透かされているようだ。伝次郎は酒に口をつけてから、

「おまえには誤魔化しは利かないな」

といった。

「だからなんです？」

千草はすり寄るように膝を詰めてくる。

「敵討ちの助をすることになるかもしれん。相手は久世家の家老親子だ。手出しできる相手ではないが、あれこれ話を聞かされ、あきらめるように説得したのだが、無駄に終わった」

「だから助をすると……」

千草の目は咎めている。

「それはわからぬ。だが、どういうわけで、こんなことになったか話したほうがよいか」

「あたりまえです」

伝次郎はもう一度酒に口をつけて、為七殺しからはじまった杉田道場との関わりを話し、白石徳之助と森川貫太郎のことをつまびらかにした。そのうえで佐久間泉右衛門がどんな家老であるかを付け加えた。

「あなたは助をするつもりですか」

「場合による」

そう答えるしかなかった。

「相手は大名家のご家老様、あなたがしゃしゃり出ることはないのではありませんか」

「わかっている」

「それでも白石様と森川様の思いに添いたいというのですね」

「…………」

「わたしの目を見てください」

いつになく厳しい千草に、伝次郎は居住まいを正した。

「何があろうと、わたしの許に帰ってきてください。わたしがいることを忘れないでください」

「忘れるものか」

伝次郎が答えたとたん、千草が胸に飛び込むよう顔をつけてきた。

「きっとですよ」

「……わかっている」

伝次郎は千草の体に両手をまわして強く抱きしめた。


その頃、白石徳之助と森川貫太郎は、通旅籠町《とおりはたごちょう》の外れにある小さな旅籠に泊まっていた。

「九つ（午前零時）を過ぎたか……」

貫太郎がつぶやきを漏らした。

少し前に九つの鐘が鳴り終わったばかりだった。

「うむ、今日になったな」

徳之助はついに来るべきときが来たという思いを強くした。

「さっき、考えたのだ」

徳之助は貫太郎に顔を向けた。二人とも夜具に横になっていた。枕許の行灯がジジッと鳴り、煤《すす》を天上に昇らせた。

「なにをだ？」

「伝次郎殿にいわれたことだ。たしかにそうかもしれぬと思ったのだ。死んでも殺されたものが浮かばれることはない。おれたちはあとを追って、死にに行くようなものではないかと……。尻込みをしているわけではないぞ」

貫太郎が顔を動かして見てきた。徳之助は言葉を返した。

「…………」

「殺されたのはおれの倅だ。誰が何といおうと、おれの気持ちも考えも変わらぬ」

「だが、おぬしは無理をすることはない。おれひとりでもやってできぬことはない」

「徳之助、思いちがいをするな。おれだって気持ちは変わっておらぬ。馬鹿なことを申すな」

「いや、正直にいったまでだ」

「たわけッ。おぬしとは一蓮托生《いちれんたくしょう》だ。裏切り者にはならぬ」

「うむ」

「なんだ」

「おぬしがいて心強い。よき友を持った」

徳之助は口許に小さな笑みを浮かべて、貫太郎にもう寝ようといった。だが、いつまでたっても睡魔はやってこなかった。

三

杉田甲兵衛を乗せた伝次郎の猪牙舟は、川霧の晴れた大川を下り、油堀に架かる下之橋をくぐったところで岸に寄せられた。

「先生、足許に気をつけて」

伝次郎は河岸場に下りる甲兵衛を気遣いながら猪牙舟を舫った。

「では、まいろう」

甲兵衛は伝次郎が河岸道にあがると先に歩きだした。

伝次郎の頬被りに腹掛け半纏、股引という姿は普段と変わりないが、河岸半纏ではなく職人がよく着ているものだった。それに菅笠を被り、小脇に長い菰《こも》包みを抱えていた。

包んでいるのは愛刀・井上真改と、甲兵衛の刀だった。

甲兵衛はどこかの商家の主か、隠居老人というなりである。久世家に顔を知られているので、襟巻きで顔の半分を覆っていた。

薄曇りの朝で、昇りつつある日は雲の向こうにぼやけている。

二人は深川加賀町《かがちょう》の茶屋に入ると、店の中にある床几に腰をおろした。

「ここでいい」

甲兵衛はそういって襟巻きをほどいた。伝次郎は菅笠を脱いで脇に置く。

佐久間泉右衛門親子が上屋敷に向かう道順はわかっていた。町屋敷を出た親子は、元木《もとき》橋、千鳥《ちどり》橋とわたり、油堀の河岸道を西に向かい、それから大川沿いに南下し、永代橋をわたり、そのまま北新堀町《きたしんぼりちょう》を抜けると、湊《みなと》橋、霊岸《れいがん》橋とわたり、南茅場町をすり抜けて海賊《かいぞく》橋をわたる。

その後は、進路をまっすぐ取るか、それとも左に折れ、本材木町二丁目から右に折れて呉服橋《ごふく》をめざすはずだった。

呉服橋をわたれば、久世家の上屋敷がある大名小路である。

伝次郎は、昨夜、その順路を甲兵衛から細かく聞いていた。もし、二人が襲撃するとなれば、町屋敷を出てから呉服橋までの間だと見当をつけていた。

上屋敷前は人目につきやすく、また警固も堅いので無理である。また、町屋敷前にも見送りのものたちが控えるはずだから襲撃は難しい。

「行きを狙うか、帰りを狙うか……」

甲兵衛が茶をすすっていた。いつもの眠たげな目が鋭くなっている。

「往復の道には人出が少なくありません」

「伝次郎殿ならどこで待ち伏せする？」

「わたしなら……」

伝次郎はそのことをずっと考えていたが、もう一度佐久間親子の通る経路を頭に描いてから答えた。

「わたしなら湊橋をわたって霊岸橋の手前。もしくは呉服橋の手前。そのどちらかにするはずです。あとは人通りが邪魔になりやすい町屋の通りなので避けると思います」

「なるほど。この店の前の河岸道ならどうであろうか」

問われた伝次郎は、茶屋の表に目を向けた。

河岸道は油堀に面している。両側に商家の並ぶ通りよりは邪魔が入らない。

「ここで待ち伏せするなら、佐久間親子の帰りがよいかと思います」

「何故に？」

「行きは警固のものも気が張っているはずです。しかし、行きに何もなければ、帰りにはその分気の緩みが出るかもしれません」

「そこまであの二人は、考えをめぐらすだろうか……」

甲兵衛は思い詰めた顔でいって茶をすすった。

それから、半刻を過ぎた頃だった。元木橋をわたり、つづいて千鳥橋をわたってくる小さな行列があらわれた。

駕籠が二つ。その駕籠のまわりに八人の侍がいた。その他に草履取りが二人、挟《はさみ》箱《ばこ》持ちが二人。総勢十二人。駕籠に乗っている親子を入れて十四人である。

「来たな」

甲兵衛が緊張の面持ちでつぶやいた。

「気を緩めてはならぬ」

佐久間親子の警固をしている吉村平三郎は、周囲に目を光らせながらつぶやいた。永代橋をわたったところである。これまで何も起きなかったし、不審な動きをするものやあやしげな人間もいなかった。

薄曇りの下、佐久間親子を乗せた駕籠は、大名小路にある上屋敷に向かって粛々《しゅくしゅく》と進んでゆく。

「吉村、変わりはないか」

駕籠の中から佐久間泉右衛門が声をかけてきた。

「ございません」

「油断するな」

「承知」

答えた平三郎は供まわりを眺めた。みんな気の張った顔をしている。

もし襲われるようなことがあったら、三人が泉右衛門の駕籠を、他の三人が圭之介の駕籠を守り、他の二人が襲撃者の相手をすることになっていた。昨日まで警固人の数は六人だったが、用心のために急遽二人増やしていた。

襲撃者とはいうまでもなく、白石徳之助と森川貫太郎である。平三郎以下の警固の侍は、いずれも腕達者だった。

それに白石と森川の腕がいかほどであるか知っている。警固のものたちを突破することは、おそらく無理であろう。

しかし、油断は禁物。不意をつかれれば、どうなるかわからない。何も起きなければ、それはそれで幸いであるが、藩に盾つき出奔した犯罪者を捕り逃がすのも癪《しゃく》であるから、平三郎としては何か仕掛けてきてほしいと、心の片隅で期待している。

配下の者たちも同じ気持ちのはずだった。しかし、一行はなんの邪魔も入らずに粛々と歩を進めるだけである。

駕籠は楓《もみじ》川に架かる海賊橋をわたると、そのまままっすぐ進み、日本橋の通りを横切り、呉服橋の前まで来た。平三郎は一度立ち止まって駕籠を先に送り、周囲に警戒の目を光らせた。

商家の奉公人、天秤棒を担いだ行商人、そして出仕する他藩の勤番侍の姿が目に入るだけだった。

河岸道にも目を向けたが、これといって気に留める人の姿はなかった。

駕籠は無事に呉服橋をわたり、大名小路に入り、久世家上屋敷の表門に到着した。

「ご家老、着きましてござります」

平三郎が駕籠の前に跪《ひざまず》いて報告すると、泉右衛門が駕籠から下り立った。後ろの駕籠からも圭之介が下りた。

「肩透かしを食ったな」

泉右衛門は吊りあがった細い目を周囲に配ると、そのまま屋敷内に消えた。

「平三郎、駕籠は窮屈でいかぬ。帰りは歩いて帰りたいが、かまわぬか」

圭之介が聞いてきた。父親似の細面に吊りあがった目をしている。

「それはいかがなものでしょうか、ご家老のお許しがあれば、致し方ありませぬが

……」

「では、父上にその旨申そう」

平三郎は顎を引いてうなずいた。

佐久間親子を無事に上屋敷に送り届けた平三郎たちは、屋敷内にある詰所に控えた。藩主・広周に圭之介が挨拶をするだけのことだが、すぐにお目通りとはいかない。帰りはおそらく八つを過ぎるだろうと告げられていた。

「白石と森川は、今日のことを知らぬのではないか」

「知っていれば、何か仕掛けてきてもおかしくはない」

平三郎配下の者たちは、暇にあかせてそんなことを話す。

「先日の一件がある。あきらめて逃げたのかもしれぬ」

「へっぴり腰の二人だ。十分考えられることだ」

「船頭かなにか知らぬが職人に助けられて、逃げたのだからザマはない」

そういった男は、ワハハハと快活な声で笑った。

「それにしてもご家老も執念深い。大事なご長男を囮にして、あの二人をおびき寄せようとなさるのだからな」

「それも逆賊を懲らしめるためだ。それに圭之介様を国許に置いておくほうが心配なのだろう。目の届くところにいてもらったほうが、親としては安心であるからな」

「なるほど、さようなこともあるか……」

平三郎は配下の者たちの話を聞くともなしに聞きながら、白石と森川を捕縛する方法が他にないものだろうかと考えていた。目付も動いてはいるが、探索に対する真剣味が足りない気がしている。

白石と森川が江戸に潜伏しているのはわかっている。なんとかして炙り出し、捕まえなければならぬ。

(今日にも決着をつけたいが……)

平三郎は火鉢にあたりながら、さてどうしたものだろうかと、内心でつぶやき足した。

圭之介の藩主へのお目通りは昼過ぎに終わり、ほぼ予定どおりに帰邸の段になったのは、八つ前であった。

平三郎たちは表門外に控えて、二つの駕籠に泉右衛門と圭之介を乗せた。

「平三郎、歩きはだめだといわれた」

圭之介は駕籠に乗る前に、恨めしそうな顔を平三郎に向けた。

四

そこは箱崎町一丁目、湊橋に近い場所だった。

明樽《あきだる》問屋の軒下の、天水桶の横に二台の大八車が置かれていて、その物陰で二人の男がうずくまるようにしていた。

傍目には物乞い、あるいは小汚い浮浪人に見えるかもしれないが、それは白石徳之助と森川貫太郎だった。

扮装を考えたのは、貫太郎で徳之助もそれがいいと同意し、わざと貧乏たらしい身なりになっているのだった。

「やはり、この場所ではまずい。他に移ろう」

徳之助はときどき二人を不審そうに見てくる、明樽問屋の小僧が気になっていた。しかも、年嵩《としかさ》の奉公人をつかまえて、こっちを指さしたのだ。

貫太郎もそのことに気づいていたらしく、

「移ろう」

といって、腰をあげた。

二人は肩を並べ、屈むように腰を曲げて表通りに出た。

「どこにする？」

貫太郎は徳之助に顔を向けて聞いた。

二人とも頬被りをして、擦り切れた古い茣蓙《ござ》を抱え持っていた。茣蓙は刀を包んでいるが、傍目には物乞いの寝床に見えるはずだった。

「さっきからそのことを考えていたのだ。やつらは永代橋をわたって町屋敷に帰る。永代橋の向こうで待ち伏せてはどうだろうか。あそこは見通しがいいので、遠くからでも見張っておれる」

「橋なら他にもあるが……」

「小さな橋は動きにくいであろう。おれは永代橋の東詰で待ったらよいと思うのだ」

貫太郎は少し思案顔をしたが、

「よし、そうするか」

といって先に歩きだした。

二人はこそこそと、道の端を遠慮するように歩く。卑屈そうに腰を曲げ、頬被りした顔を伏せるようにしているが、目は周囲を忙しく観察していた。

永代橋の西詰に船番所があり、その前に槍を持った番人が立っていて、不審そうな目を向けてきた。徳之助が視線を外すと、おいと声をかけられた。

徳之助がビクッとして番人を見ると、

「こんなところをうろつくでない。早くあっちに行け」

と、汚い物を忌《い》むように顔をしかめて顎をしゃくった。

徳之助と貫太郎はこそこそとした足取りで永代橋をわたった。下を流れる大川と、欄干の向こうに見える海が、曇り空の下でも鈍い光を照り返していた。

永代橋の東詰の近くに自身番がある。そのことが気になったが、二人は河岸地の片隅にちんまり座って待つことにした。橋を行き来する人の姿は、そこからはっきり見ることができた。

「貫太郎、ぬかるな」

「おう。肚はくくっておる。心配いたすな」

返事を聞いた徳之助は空を見あげた。

一羽の鳶が笛のような声を降らしていた。

伝次郎と甲兵衛は、呉服橋をわたってきた一行を見ると、座っていた茶屋の床几からゆっくり立ちあがった。

駕籠は来たときと同じで、警固をする顔ぶれも同じだった。一行は来たときと同じ道を使って帰路についている。

伝次郎と甲兵衛は、一行から離れて尾行を開始した。

「これでは無理であろう」

甲兵衛がつぶやくようにいう。伝次郎もそう思っていた。

「あの二人、本気で今日やる気だろうか……」

甲兵衛がまた声を漏らす。

「覚悟はしているでしょうが、この物々しさを見たらあきらめるかもしれません」

伝次郎はそうしてもらいたかった。

「しかし、死を恐れぬ覚悟であれば……。もとより自分の命は惜しまぬといっておったし……」

甲兵衛はぼそぼそといったあとで、深いため息をついた。

「とにかく屋敷まで見届けましょう」

「さようだな」

伝次郎は甲兵衛の少しうしろを歩きながらも周囲に目を配っていた。侍の姿を見ると、いやがおうでも目が鋭くなる。しかし、徳之助と貫太郎を見ることはなかった。

駕籠の一行は湊橋をわたり、北新堀町の河岸道を進んでいる。一行の先に永代橋が見えてきた。

(断念したか……)

伝次郎は徳之助と貫太郎のことを思った。そうであるべきだと思いもする。だが、材木町の町屋敷に一行が着くまでは、何が起こるかわからない。

「これだけの供廻りがいるのです。あやつらは手を出そうにも出せないでしょう」

平三郎の近くを歩く山田という男が、耳打ちするようにいった。

「まあ、難しいことだとは思うが……」

「出てきたら一刀両断に斬り捨てるのみです」

山田は威勢のいいことをいって、ぐいと刀の柄《つか》を掌で押し下げた。

「斬り捨てるのは最後の手段。捕縛して裁きを受けさせるのが本則だ」

「わかっております」

平三郎は一度まわりを見た。もう永代橋に差しかかっている。船番所の前を過ぎたが、不審な男はいなかった。

いつしか風が強くなっていた。橋をわたりはじめると、海風が吹きつけてきた。そのせいで、警固をするものたちは、ときどき風を嫌って顔をそむけた。裾や袖がまくられるので、平三郎もこの風には閉口するしかなかった。橋を行き交うものたちも、両腕で顔を庇うようにしたり、前屈みになって歩いている。

橋の向こうで土埃がつむじ風のように舞いあがり、商家の暖簾がまくりあげられたり、飛ばされようとしていた。茶屋の葦簀《よしず》が倒れ、天水桶から手桶が転がり落ちている。

「なんだ、この風は」

平三郎が左手の河岸地からやってくる二人の男を見たのは、思わずぼやいたときだった。だが、二人の男は侍ではない。行商人のように見えた。

しかし、一行が橋をわたり切ろうとしたとき、その二人の男が妙な動きをした。手に抱え持っていた莫蓙をはいだのだ。平三郎はカッと目を剝いた。

二人の男が刀を抜いたからである。鞘を捨て、そのまま向かってくるではないか。

「やッ、あらわれやがった！」

五

伝次郎は永代橋をわたり切ろうとした一行の供廻りが乱れたのを見ると、

「先生ッ」

と、声を発するなり、菰から刀を抜き取り、もう一振りの刀を甲兵衛にわたし、そのまま駆けだしていた。

被っている菅笠が強い風に飛ばされそうになるが、きつく締めた顎紐がかろうじて救ってくれる。

橋の向こうはすでに乱闘騒ぎになっていた。

駕籠から下り立った佐久間泉右衛門が、声を荒《あら》らげて何かを叫んでいる。そばには倅の圭之介がいて、腰の刀を抜いたところだった。

伝次郎はその二人をやり過ごすように駆け抜けた。同時に愛刀を片手づかみにし、供侍のひとりの肩に棟《むね》打ちを見舞った。

「うわー!」

棟打ちとはいえ、その打撃は強烈である。相手は膝から崩れ落ち、打たれた肩を押さえて転げまわった。

さらに前に進むと、貫太郎が片腕から血を流して、向かってくる供侍に刀を振りまわしていた。相手は三人である。

伝次郎はその中に割るようにして入ると、斬りかかってきた男の刀を下からすくいあげ、横腹をしたたかに打った。これも棟打ちだった。

「ぎゃあー」

男はよろめきながら天水桶にぶつかり、そのまま横に倒れた。

「邪魔立てすれば斬る!」

肩を怒らせた男が、伝次郎の前に立った。

伝次郎は無言のまま、足を飛ばしながら牽制《けんせい》の突きを見舞った。相手はその俊敏さに驚き、大きく下がった。

「おぬしらに恨みはない。来るな、来るんじゃないッ!」

徳之助がつばきを飛ばしながらじりじり下がっている。その前に、顴骨《かんこつ》の張った厳《いか》めしい男が立ち塞がって、何か忠告をした。

「吉村殿、いまさら無用なことでござる! そこをどいてくださりませ」

徳之助が言葉を返して、横から斬りに来た男の刀をすり落とした。その反動で徳之助は商家の板壁に背をつける恰好になった。

「吉村さん、こやつは謀反人です。なにを遠慮されるのです!」

吉村のそばにいた男が喚いて、刀を振りあげた。

伝次郎がその間に入ったのはそのときだった。男は躊躇いもなく振りあげた刀を徳之助めがけて撃ち込んだ。

キーン。

耳障りな鋼《はがね》の音がして、男の刀が折れた。伝次郎が刀の鍔元で受けたからだった。よく鍛えられた井上真改は、ビクともしていない。

徳之助が菅笠を被っている伝次郎に気づき、

「あ、いつの間に……」

と、驚きの声を漏らす。

「逃げるのです」

伝次郎は徳之助の肩を押しやりながら半身をひねって、撃ちかかってきた男の刀をかわすなり、柄頭を顎にたたき込んだ。

「ぶふぉッ……」

顎を割られた男は、口の端から血をこぼしながら倒れた。

徳之助を追い込んだ吉村が、袈裟懸けに刀を振った。徳之助は後ろに飛んで逃げたが、転がっている手桶に足を取られて、仰向けに転がった。

「もはやこれまで。白石徳之助、覚悟ッ!」

そこへ吉村が斬り込んでいく。徳之助は右に転がって逃げる。さらに吉村が追い込んで、刀を振りあげた。そのとき、伝次郎が後ろ肩に一撃を浴びせた。棟打ち。

「うッ……」

顔をしかめて、吉村が振り返ったが、伝次郎は徳之助のそばに行くと、手を貸して立たせた。

「逃げるんだ」

伝次郎は忠告するが、徳之助は聞く顔ではなかったばかりか、手を振り払って永代橋に向かって駆けた。だが、それも数間しか進めなかった。二人の男が目の前に立ちはだかったからだ。

その向こうでは、貫太郎がひとりの男ともつれるように鍔迫《つばぜ》り合いをしていた。怒号と悲鳴、そして吹き抜ける風の音、桶がカラコロと転がり、土埃が高く舞いあがっていた。乱闘となっている周囲では、町のものたちが恐怖の顔をして見ていた。

徳之助は目の前に立ち塞がった二人の男に怒鳴った。

「邪魔をすれば斬る！」

その返答は、右の男の繰り出した鋭い斬撃だった。

徳之助はかろうじてかわしたが、もうひとりの男が撃ち込んできた。伝次郎はとっさに前に飛びながら、徳之助の腰に抱きつく恰好で横倒しにした。

相手の刀が紙一重のところで空を切っていた。伝次郎はすばやく片足立ちになり、つぎに襲いかかってきた一撃を右へすり落として、足払いをかけて倒すなり、鉄拳を鳩尾にたたき込んだ。

「ぐッ……」

相手は目を白黒させて気を失った。

その間に、徳之助はもうひとりの男と刀を交えていた。

鍔迫りあいをしていた貫太郎が、相手と大きく離れて対峙している。互いに青眼の構えで、間合い二間のままにらみあっている。

伝次郎は徳之助の助にまわり、相手が撃ち込んできたところを左へかわして、背中に一太刀浴びせた。これも棟打ち。

残るは貫太郎と対峙している侍ひとりである。伝次郎は貫太郎の横に並んで、相手を凝視した。橋の上から雄叫びのような声があがったのはそのときだった。

「討ち取ったり！　討ち取ったりィ！」

甲兵衛だった。

伝次郎がそっちを見ると、甲兵衛の足許に三人の男が倒れていた。

佐久間泉右衛門とその子・圭之介だ。もうひとりは警固の侍だった。

「ヤッ、ご家老！」

驚きの声を発して、そっちに駆け戻るのは、さっき伝次郎に肩を打たれた吉村だった。まだ肩が痛むらしく、刀を右手一本で持っていた。他の者たちも橋上の出来事に気づいて驚き、そっちに駆け戻っていく。

いまや警固人たちの怒りの矛先は、甲兵衛に向けられていた。徳之助と貫太郎には見向きもせずに、甲兵衛に殺到していく。

甲兵衛は抗わなかった。斬り込んできた男の刃を、肩に受けると、ニヤッと不敵な笑みを浮かべた。

さらに袈裟懸けに胸を断ち斬られた。血飛沫が風に散らばり、体がよろめく。甲兵衛は片手を欄干について、もう一方の手から刀を落とした。

そのとき、別の男の刀が甲兵衛の首の付け根に深く食い込んだ。血が勢いよく噴き出て、甲兵衛はゆっくり倒れていった。

伝次郎は我に返った顔になり、徳之助と貫太郎を見た。二人とも思わぬ展開に、声をなくし、目をみはっていた。

「白石さん、森川さん、いまです。逃げるのです」

伝次郎は二人を急き立てた。その二人は短く躊躇ったが、伝次郎にしたがい河岸道を駆け、ついで町屋の路地に姿を消した。

六

師走も半ばをすぎると、江戸の町は何やらそわそわしはじめてくる。

商家の手代は掛け取りに走り、長屋の大家は家賃の催促をし、店子《たなこ》は何かといいわけを作って逃げる。

晴れた日があったかと思えば雪が降り、雪解け道が乾く前に冷たい雨も降ったりした。

それでも伝次郎の暮らしは、以前と変わらなかった。千草は心配をしていたが、何事もない顔で帰ってきた伝次郎を見て安心し、いつものように伝次郎を送り出すと、家事をすませて仕入れに行き、店を商っていた。

永代橋で起きた騒動はしばらく噂になっていたが、それも日がたつにつれ、少しずつ忘れられていった。

その日は天気がよく、寒さが緩んでいた。

伝次郎は昼過ぎまでに六組の客を、小網町や亀戸《かめいど》、そして六間堀町などへ送り届け、またそこで客を乗せるという忙しさだった。

町屋の商家が書き入れ時なら、行商人らも同じらしく、客となったものたちは、口を揃えたように今年は景気がよかった、来年はもっと稼げればよいがなどと、わりとあかるい話をしていた。

天保《てんぽう》の飢饉《ききん》が沈静化し、それまで不作だった土地からの収穫が上がり、米価が安定してきたせいかもしれない。幕府は相変わらず綱紀《こうき》粛正《しゆくせい》に取り組んでいるが、江戸の商家は活気を取り戻しているところが多い。

日が西にまわりはじめた頃、伝次郎はその日九組目の客を、神田川の佐久間河岸から深川石島町《いしじまちよう》に送り届けた。

「終わりにするか」

伝次郎は舟を出して、空に向かって独りごちた。十分稼いだ日だから余裕がある。それに日の暮れはあっという間だ。

小名木川を大川に向かって、ゆっくり流すように舟を操る。

棹を右舷から左舷へ移し替えながら、河岸道を見ると、商家の店先で餅つきをしているものたちがいた。近くで見物している子供たちが、何やら楽しそうにはしゃぎ、その声が伝次郎の耳に届いた。

頰をゆるめて、そんな光景を見ながら、舟を滑らせる。六間堀に入った頃には、西の空が赤く染まりはじめていた。

いつもの猿子橋に舟をつけたとき、二人の男がやってきた。

「もう終わりですか？」

と、聞いてきた男の顔を見て、伝次郎は目をみはった。

「これは……」

相手は白石徳之助と森川貫太郎だった。

「無事でしたか……」

「お陰様で達者にしております。伝次郎殿も変わりないようでなによりです。舟に乗っても……」

徳之助は伝次郎が舫った舟に顔を向けた。

「どこへ行かれます？」

「話をしたいので、乗せてもらうだけです」

伝次郎は少し躊躇って、どうぞと二人をうながした。

徳之助と貫太郎が舟に乗り込むと、伝次郎は艫に腰かけて、二人と向かいあった。

二人は深編笠に引廻合羽をつけ、小袖を端折り、手甲脚絆という旅装束である。

「伝次郎殿には礼をいわなければならぬ。じつは今日、先生の墓参りをして来たのです」

「そうでしたか。たしか、小石川の大雲寺に葬られたと耳にしました」

これは本所方の広瀬小一郎から聞いたことだった。永代橋での騒ぎに自分が加担していたことは口にできないので、穿鑿《せんさく》されやしないかと肝を冷やしていたが、そんなことはなかった。

「先生は先代の住職とは昵懇《じっこん》の仲でした。どんな間柄なのか詳しいことはわかりませんが、ずいぶん昔から世話をしてもらっていたそうです。その縁で、先生も大雲寺に葬られたのでしょう」

貫太郎が団子鼻を指でさすりながらいう。

「そんなことはよいのですが、あの日、先生から何か聞いておりませんか」

「先生から……いえ、なにも……」

伝次郎は怪訝《けげん》な顔をして、徳之助と貫太郎を眺める。

「あの日、先生は身共らの助をされるつもりでした。それを身共らはいやがり、前の日に道場を去りました」

そういう徳之助を、伝次郎は黙って見つめた。

「そして、先生は伝次郎殿と、身共らを探された」

「…………」

「伝次郎殿の助があり、身共らは無駄死にせずにすんだ。だが、先生は端《はな》から身共らの代わりに敵を討とうと決めておられたのでしょう。だから、あのようなことになった。いま思えば、先生を頼ったのが徒《あだ》になりました」

「じつは、先生は久世家に仕えているときから、家老の佐久間泉右衛門は危ない人物で、久世家にとってよくない家老だと見ておられた。剣術指南を解かれたのも、佐久間泉右衛門の一言だったそうです。だからといって、泉右衛門を恨んだりはされなかった。ただ黙って久世家を去られただけです。ところが、身共らが先生を頼り、佐久間親子の話を聞いて心変わりされたのでしょう」

そう話した貫太郎に徳之助が付け加えた。

「あのような最期を遂げられたのは、おそらく久世家の将来と、身共らのことを思ってのことだったのです。いや、きっとそうであったにちがいない。だから、伝次郎殿が先生の本心を聞いておられないだろうかと思ったのです」

「そんなことは何も聞いておりません」

「さようですか」

徳之助は大きなため息をつき、あらためて伝次郎を見た。

「先生には大変な恩義がありますが、伝次郎殿にも感謝をしております」

「まことにありがとう存じます」

徳之助が深々と頭を下げると、貫太郎も礼をいって頭を下げた。

「ちょっとよしてください。あっしは何もそんな礼をされるほどのことはしちゃいませんぜ」

伝次郎は職人言葉で応じた。

「いや、伝次郎殿はおっしゃったではありませんか。敵討ちをしたからといって、死んだものたちの魂は浮かばれない。それより死んだものたちの分も生きて生き抜くべきだと。あのときの言葉が、江戸を去ってからいたく胸にひびきましてな」

徳之助は目を潤ませていた。

「もし、伝次郎殿から話を聞いていなければ、身共らは腹を切っていたかもしれません。しかし、永代橋から逃げたあとで、徳之助とよくよく話し合ったのです。伝次郎殿がいったことはまちがいではない。おれたちが死ぬば、先生の死も無駄になると気づいたのです」

「圭之介に無残にも殺された倅・徳太郎の死も無駄になると……」

言葉を足した徳之助は、貫太郎と顔を見合わせて互いにうなずいた。

「ありがたき言葉でした」

徳之助は頭を下げた。

「まさか、そんなことをいいに、わざわざ……」

伝次郎は徳之助と貫太郎を交互に眺めた。

「礼を失してはなりませぬから。それに、こうやっておれるのも伝次郎殿に助けられたからです。何も礼などできませんが、一言お礼だけでもと思いまして……」

貫太郎は神妙な顔になって、また頭を下げた。

「よしてください。あっしは余計なお節介をしただけです。それより、いまはどうしてるんです？」

「身共らの身内は岩槻にいます。そこへ戻るだけです」

徳之助が答えた。

「すると岩槻で仕官されるってことですか」

「まさか、そんなことはできることではありません。これからは百姓らといっしょに田や畑を耕して過ごすつもりです」

「それもひとつの生き方だと思うのですよ。伝次郎殿が船頭をされているように」

貫太郎は伝次郎をまっすぐ見て、口の端に笑みを浮かべた。

「そうでしたか。とにかくご無事でなによりでした」

「では、身共らはこれで失礼いたします」

徳之助が舟を下りると、貫太郎があとにつづいた。伝次郎も下りて、河岸道にあがった。

「このまままっすぐ岩槻に……」

伝次郎は首にかけていた手ぬぐいを抜いて聞いた。

「今夜は千住《せんじゅ》に泊まります。岩槻に戻るのは明日です」

徳之助はそういって、貫太郎に行こうとうながした。

「お達者で……」

伝次郎が声をかけると、二人は同時に振り返り、

「伝次郎殿もお達者で」

と、声を合わせた。

伝次郎は二人の背中が小さくなるまで、その場で見送っていた。

なんだか喉に刺さっていた小骨が取れたような、すっきりした気持ちになっていた。

「そうか、よかった」

ふっと肩の力を抜いて遠くを見た。

暮れなずんでいる夕焼けの空に、群れ飛ぶ雁の姿があった。

光文社文庫

文庫書下ろし／長編時代小説

永《えい》代《たい》橋《ばし》の乱《らん》　剣客船頭《けんきゃくせんどう》(九)

著者　稲《いな》葉《ば》　稔《みのる》

2018年3月20日　初版1刷発行

発行者　鈴木広和
印刷　慶昌堂印刷
製本　ナショナル製本

発行所　株式会社　光文社
〒112-8011　東京都文京区音羽1-16-6
電話 (03)5395-8149　編集部
8116　書籍販売部
8125　業務部

ISBN978-4-334-77627-5　Printed in Japan

組版　萩原印刷

風野真知雄の傑作既刊

～剣客ものあり、忍びものあり。多彩な作品が勢ぞろい～

刺客が来る道
［長編時代小説］

いわれなき罪に問われ江戸に逃げてきた信夫藩の元藩士・佐山壮之助。慣れぬ町で親子四人、細々と生活を始めたが、突然刺客に襲われる。江戸郊外に身を隠すが、執拗に襲ってくる刺客。はたして家族四人の生活を守りきれるのか――。武士を捨て町人として懸命に生きる男の心情を描く長編時代小説。

刺客、江戸城に消ゆ
［長編時代小説］

江戸城の警備を担う伊賀同心。伊賀の四天王と呼ばれる忍びたちは、自分たちの存在価値が低下していることを嘆き、起死回生の策を練る。それが、大御所・徳川吉宗を狙った刺客として伊賀の里から江戸へ連れてこられた伊賀忍びのコノハズクだった。しかし、事態は急展開し、江戸城の森を舞台に忍びたち同士の死闘が始まる。そして、衝撃の結末が――。風野真知雄の超絶技巧作品。

影忍・徳川御三家斬り
［長編時代小説］

一人の伊賀忍びに大御所・徳川吉宗が殺害されて二年。その忍びは、長屋で平穏な暮らしをしていた。しかし、富士講に出た長屋の者が皆殺しにされる。仇を討たんと、「コノハズク」とあだ名されていた伊賀忍び「竹次」は、長屋の人々の死の真相を探り始める。そして、辿り着いた驚愕の真相とは――。富士山と尾張藩を舞台とした、人気著者ならではの大スペクタクル活劇！